猫の姫、狩りをする

妖怪の子預かります6

猫の姫、狩りをする

三毛猫りん

急がなくては。遅れてしまう。

暗い河原のやぶの中を、りんは一生懸命走っていた。

りんは、猫の妖怪だ。妖怪と言っても、力はとても弱い。日のあるうちは三毛の子猫の姿でしかいられず、使える力も、せいぜい主《あるじ》をちょっとした災いから守るくらいしかない。

もっと強くなりたい。

それが今のりんの願いだ。

以前は、ひたすら母に会いたかった。餌を取りにいったまま、戻ってこなかった母猫。ねぐらで母の帰りを待つうちに、じわじわと体が弱り、飢えと寒さに蝕《むしば》まれていったつらさは、今も覚えている。だが、それよりもなによりも、寂しかった。

寂しくて、悲しくて、とにかく会いたくて。

その強すぎる想いと未練が、りんを化け猫へと変えた。

それから何年もかかり、ようやくりんは母猫との再会を果たした。母は三味線《しゃみせん》にされていたが、その音色には忘れようのない母の声、匂い、気配があふれていた。

だから、りんは決めたのだ。もう二度と、この三味線のそばから離れないと。そして、三味線の持ち主である人間を主にしようと。

主となった女は、元女郎の紅月《こうげつ》といい、今は身請けされ、小さな小間物問屋のおかみとなっている。

本来の名であるおたよを名乗り、骨惜しみせずに働く主が、りんは好きだった。口は少少悪いし、鉄火なところがあるが、りんにはすごく優しい。その手で撫でてもらったり、抱いてもらったりすると、うっとりしてしまう。

おたよの亭主の徳助《とくすけ》も、りんをかわいがってくれている。徳助は、おたよよりも一回り年上で、ずんぐりむっくりの、お世辞にも美男とは言えない男だ。だが、誠実で女子供に優しく、なによりおたよにぞっこんなのだ。

身請けの際、「りんも一緒に連れていきたい」というおたよの願いも、すぐに聞き入れてくれた。今ではおたよよりも徳助のほうがりんに夢中で、「おまえはほんとに器量よしの猫さんだ」と、りんのあごをくすぐってくれる。なんだかんだと言い訳しながら、りんにおいしいものをこっそりくれるのも徳助だ。

夜は夜で、楽しみな時間だ。おたよが三味線を弾いてくれるからだ。それを徳助のあぐらの中で聞くのが、今のりんのなによりの楽しみなのだ。

母のそばにいられて、優しい主達にかわいがられて、心も体も満たされていくのを毎日感じる。

そのせいか、少し大きくなってきた。ずっと子猫のままだった体が、ゆるやかに成長しているのだ。きっと幸せだからだと、りんは思う。それがとても嬉しくて楽しい。

この人達を守りたい。この幸せをずっと続かせたい。だから、もっと力がほしい。

どうしたらもっと強くなれるか、先輩の化け猫達に聞いてみようと、りんは思った。それで、今夜は主達のそばでのんびり過ごすのをあきらめて、家を抜け出してきたのだ。

今夜は神無月《かんなづき》の満月で、この近辺に住む化け猫達が月見をする晩だ。兄貴分の黒猫くらも来るという。自分の大きくなった姿を見たら、くらはきっと喜んでくれるだろう。だから、早く行かなくては。

子猫のままの姿で、りんは集いの場へと向かった。そのほうが速く走れるからだ。

だが、一目散に走っていた時だ。ふいに、小さな泣き声が聞こえてきた。

人間の、赤子の声。

びくりとして、思わず立ち止まってしまった。

こんな人気のない、夜の河原に赤子の声？
耳をそばだてて、りんは胸がざわついた。赤子の声しか聞こえない。赤子をあやし、なだめる大人の声がしないのだ。

何かがおかしい。

見過ごせなくて、りんは泣き声をたどることにした。

草をかきわけていくと、赤ん坊がいた。まだ生まれて半年も経っていないだろう。松葉模様の綿入れにくるまれ、大きめの石の上に、無造作に置かれている。

りんは怒りを覚えた。きっと捨てられたんだ。今は神無月で、夜の大気はすでに冬の冷たさに満ちているというのに。

のぞきこんでみると、子供の唇はうっすらと白くなってきている。小さな鼻の先も血の気を失い、透き通るようだ。早くどこかに連れていって、温めてやらなくては。でも、どうしよう？　どこに連れていったらいいのだろう？

こんなことに出くわすなど、考えてもいなかったので、りんはあたふたとしてしまった。

だが、ふいに思いついた。

先輩達に助けてもらおう。みんな自分より年上で、力もある。きっと助けてくれるはず。ともかく、赤ん坊をみんなのところへ連れていけばいいのだ。

りんは後ろ足で立ち、赤い着物をまとった化け猫の姿をとった。そうしないと、赤ん坊を抱き上げられないからだ。

泣き続ける赤ん坊をしっかりと抱え、りんは歩きだした。赤ん坊は重かった。小さなりんには重すぎて、何度も休まなければならなかった。そうする間も、泣き声が徐々に弱しくなっているようで、りんは気が気ではなかった。

早く。早くしないと、手遅れになってしまう。

ようやく、約束の松林が見えてきた。と、向こうからもこちらが見えたのだろう。次々と、松林から化け猫達が飛び出てきた。

先頭を切ってきたのは、黒い化け猫のくらだ。

「りん！　ど、どうしたんだよ、それ？」

「み、見つけたの。か、か、河原で」

安堵のあまり、涙ぐみながらりんは言った。

「こ、この子、凍えそうで」

「どれどれ。……ほんとだ。ねえ、美鈴姐《みすずねえ》さん。一つ、この子をだっこしてやっておくれよ」

「あいよ」

でっぷりとした姐さん猫が前に出てきた。ぶち模様の毛は見るからに柔らかく、ふかふかとした腕に抱かれたとたん、赤子はほっとしたように泣きやんだ。

美鈴に赤子をまかせ、りんは一部始終を話した。

「河原に子を捨てるなんて、ひでえやつがいるもんだ」

「しかも、こんな寒い時期にのぅ」

「許せんのぅ」

「そうですねぇ。しかし、その子、どこかで見たような……あっ！」

突然、茶月《さつき》という茶猫が声をあげた。

「そ、その子！　知っていますよ！　だんご屋の長助《ちょうすけ》さんのところの赤ん坊だ！」

「なんだい？　おめえさんの顔見知りかい？」

「ええ。その綿入れ。間違いない。ここ数日でぐっと寒くなったからって、長助さんのおかみさんが赤子のためにこしらえたものですよ。うちのおかみさんと話してるのを聞いたんです。余裕があるわけでもないのに、わざわざいい布と新しい綿を買ってきたって」

あの母親が、父親が、この赤ん坊を捨てるはずがない。茶月は断言した。

「やっとできた子供だからって、そりゃもう、夫婦とも目に入れても痛くないほどかわいがっているんだもの。絶対違いますよ」

「それじゃ……きっと誰かがこっそり連れ出して、捨ててったんだ」

「……………」

しんと、その場が静まった。かわりに、怒りの気が満ちていく。この場にいる猫達の中には、人間に身勝手に捨てられ、あげくの果てに化け猫となったものも多いのだ。

長老格の年寄り猫、お寅《とら》が嘆かわしげに言った。

「むごいことをするもんだよ。……きっと親が心配してるね。早く連れていってやろうじゃないか」

「あ、あたし行く！」

「おいらも！」

すぐさま、りんとくらが声をあげた。他の猫達も次々と名乗り出る。道案内は、茶月が引き受けた。

そうして、化け猫達は力を合わせて、子供をだんご屋の前へと運んでいった。

のれんをおろしただんご屋は、二階が住居となっている。小さな店だ。耳をすませば、上から夫婦のものらしき寝息が聞こえてくる。

「まだ子供がいなくなったことに気づいてないんだね」

「早く起こして、赤ん坊を返してやろう。美鈴姐さん、その子、ここに置いて」

「……あいよ」

少し名残《なごり》惜しげに、美鈴は赤ん坊を戸口の前に置いた。美鈴にだっこされていたおかげで、赤ん坊はだいぶ血色が戻ってきていた。

「よし、りん。声を出して、長助達を起こすんだ」

「うん」

りんは、みゃおみゃおと、大声で鳴きだした。

りんの声はずば抜けて大きい。主の三味線に合わせて歌うことも多いので、しっかり鍛えられている。その声に、おとなしかった赤ん坊が泣きだした。猫と赤子の合唱は、寝静まった夜に響き渡る。

と、上のほうで明かりがついた。そして何か騒ぐ声と、だだだと、階段を駆け下りてくる物音がした。

「気づいた。りん、もういい！」

「逃げるよ！」

化け猫達はさっと屋根の上に飛び上がった。そのまま下をうかがっていると、だんご屋の夫婦が飛び出してきた。

「喜助《きすけ》？」

「なんでこんなとこに！」

驚き騒ぎながらも、夫婦はすぐさま赤子を抱き上げた。それを見届け、化け猫達は安心して、その場をあとにしたのだった。


翌日の夜、りんはふたたび家を抜け出した。

結局、昨夜はみんなの気が削がれ、月見は取りやめになった。おかげで強くなる秘訣も聞きそびれてしまったわけだが、りんの気分はよかった。なんと言っても、赤子を助けられたのだ。良いことをするのは心地よい。

それにしても、いったい誰が赤子を連れ出して、捨てたりしたのだろう？　あんなひどいこと、なぜしたのだろう？

そのことがずっと頭の中でもやもやとしていて、それで夜の散歩に出かけたというわけだ。足は自然と、あの河原へと向かう。

そして……。

りんはあっけにとられてしまった。

昨日とまったく同じ場所に、松葉模様の綿入れにくるまれた赤子が捨てられていたのだ。

五日後、りんはげっそりとしていた。

この五日というもの、毎晩あの河原へ赴《おもむ》き、そのたびに赤子を見つけた。同じ家の子、だんご屋の子、喜助を。

見つけたら、当然そのままにはしておけない。赤ん坊を抱いて、親元まで送り届けるのが今や日課となっている。

同じ子がどうして毎晩、同じところに捨てられているのだろう？

気味が悪かった。だが、ここで見捨てることもできない。風は日に日に冷たくなっている。もし、この変事が続いたら、か弱い赤子のことだ、きっと体を壊してしまう。

けりをつけよう。

りんは決めた。子供を送り届けるだけではだめなのだ。こんなひどいことをしでかしているやつを突き止め、とっちめてやらなくては。

今夜は夕方から河原に張りこんで、下手人が赤子を捨てに来るのを待ち伏せすることにした。

くらにも声をかけ、助っ人を頼んだ。

「なんだい。そんなおかしなことが続いていたのかい？　それならそうと、もっと早くおいらに教えてくれればよかったのに。いいとも。一緒に行くよ」

くらは頼もしく引き受けてくれた。それだけで、りんは心強かった。

夕暮れ、りんはのれんをしまうおたよに鳴きかけた。

「にゃおん」

「ん？　なんだい、りん。出かけるのかい？」

「にゃ」

「そうかい。最近は馬鹿に夜も出かけるねえ。猫には猫の付き合いってものがあるんだろうけど。でも、気をつけるんだよ。寒くなってるし、世の中にゃ猫を苛《いじ》める根性の腐ったようなのがいるからね」

「うにゃ」

「よしよし。それじゃ行っといで。ごはんは取っといてあげるから、なるたけ早く帰っといでよ」

おたよはきっと知っている。りんが、ただの子猫ではないということを。それでも何も言わずに、ただの猫としてかわいがってくれている。それがりんには嬉しかった。

おたよの足に体をこすりつけてから、りんは外に飛び出していった。

河原の葦《あし》の茂みには、すでにくらが来ていた。

「お、来たな、りん」

「くらさん。お待たせ」

「なに、おいらも今来たところさ。そうそう。ここに来る前にさ、なじみのぼて振りの兄さんが残り物の干物をくれたんだ。ほら。なかなか大きいだろ?」

嬉しげに鯵《あじ》の干物を見せるくらは、流れ猫と呼ばれる化け猫だ。名前のとおり、一つの家に居つくことなく、あちこちを流れる。自分に親切にしてくれる者には、恩返しとしてささやかな福を招き、逆に邪険《じゃけん》にされれば祟《たた》る。まあ、祟ると言っても、くらがしでかすのは、鼠《ねずみ》を呼びこんだり、食べ物を腐らせたりといったいたずら程度のことなのだが。

「あの兄さん、猫好きみたいでさ。なんだかんだと、おいらに食べ物をくれるんだ。独り者みたいだから、今度、いい娘を紹介してやれって、あいつが住んでる長屋の大家の夢枕にでも立ってやるつもりさ。それはそうと、この干物、食べるかい?」

「食べたいけど……ごはんを取っておいてくれるって、おかみさんが言ってたから」

「それじゃ、頭のとこだけ食べなよ。あとはおいらが食べるから。腹が減ってちゃ戦はできないからね」

「うん。ありがとう」

二匹は仲良く干物を食べ、あれこれ世間話に花を咲かせた。

だが、日が暮れ、夜の闇と静けさがひたひたと押し寄せてくるにつれて、自然と黙りこんでいった。

背筋のあたりがぞわぞわする。冷たい風のせいではない。

「来るぜ」

「うん」

身をこわばらせ、目だけを光らせながら、二匹は待った。

やがて、がさがさと草をかきわける音がして、女が一人、幽霊のように現れた。本当に幽霊かと、りんは思った。血の気の失せた顔。ゆらゆらと鈍い動き。ほとんど気配もない。

だが、その顔を見たとたん、りんもくらも息をのんだ。女は、他ならぬだんご屋の女房、喜助の母のおときだったのだ。

いやにうつろな表情のせいで別人かとも思ったが、間違いない。

今も、おときは我が子を抱いていた。ふらふらと奥へと進む。赤子をあの石の上へと置くのかと思えたが、違った。おときはそのまま川へと向かっていったのだ。

りんは毛が逆立つ思いがした。

まさか。まさかまさか。

と、くらが先に飛び出した。憤怒《ふんぬ》の形相で、おときのふくらはぎに爪を突き立てる。暗闇からの襲撃に、おときはよろめいた。腕からぽろりと、赤ん坊が落ちる。

危ない。

とっさに体が動き、りんはなんとか喜助を抱きとめた。

だが、赤ん坊は火がついたように泣きだした。その声を頼りに、おときはこちらに向かってくる。その顔には今や邪悪な笑みが浮かんでいた。口の両端がにいっと吊り上がり、人とも思えない悪相になっている。

こんな時にもかかわらず、りんの胸はぎゅうっと痛んだ。

赤子を愛《いと》しげに抱き上げていたあの姿は、嘘だったというのか。涙を流しながら頬ずりしていた姿は、偽りだったというのか。だとすれば、切なすぎる。

「りん！　逃げろ！」

くらの叫びに、りんは我に返った。

そうだ。今のおときに子供は返せない。どこか安全なところに運ばなくては。

泣きわめく赤ん坊を必死に抱え、りんは走り始めた。おときは追ってきた。足止めしようと、ひっかいたり嚙みついたりするくらを無視し、ひたすらりんのあとを追ってくる。

その動きは決して速くはない。だが、あきらめることもしない。

じわじわと、距離が縮まってきた。こちらを捕えようとする女の手が、首筋に近づいているのを感じる。捕まったら、女はりんから喜助をむしりとり、今度こそ川に放りこむだろう。身を隠したいが、喜助が泣きやまなければ、それも無理だ。

息が詰まるほど怖くなった時だ。首をつかまれ、持ち上げられた。同時に、むわっと嫌な臭《にお》いに襲われた。恐ろしいほど血腥《ちなまぐさ》い。

くらがそれほどの怪我を負わせたのかと、りんはおときを見た。だが、腕や足にひっかき傷がある程度だ。なのに、この血の臭いはどうしたことだ。

「い、いや！」

わめき、暴れたが、すぐに赤ん坊を奪い取られてしまった。りんはそのまま地面に叩きつけられた。痛くて涙がわいた。

「りん！　大丈夫か？」

「へ、平気。それより、あ、赤ん坊が……」

絶望しながら顔をあげれば、おときは、また川のほうへ向かいだしていた。もはやりん達には見向きもしない。

なぜ？　どうして？　自分の子なのに！

熱くて苦いものがこみあげてきて、りんは身震いした。くらはふたたびおときに向かっていった。どうにかおときの手から喜助を救い出そうとしている。

自分もがんばらなくては。あきらめてはだめだ。

なのに、いくら起き上がろうとしても、体に力が入らない。怪我のせいではない。怖くなってしまったのだ。

悔しい。力があれば。もっと強ければ。守れるのに。助けられるのに。

「誰か……助け、て」

思わずこぼれた願いは、白い旋風によって巻き取られた。

はっと目を見張った時には、全てが終わっていた。

おときは宙に浮かび、苦しげにもがいていた。言葉にならぬうめきをあげているが、目に見えぬ縛りははずれる様子もない。

一方、喜助はというと、こちらは見知らぬ娘に無造作に抱かれていた。

見た目は十歳くらいの娘だった。長い髪は新雪の白さを誇り、暗闇の中で淡く輝いている。だが、その髪よりもさらに艶《つや》やかに輝くのは、娘の目だ。黄金色に、蜜《みつ》色に、強く深くまたたく宝珠《ほうじゅ》が、二つの目としてはめこまれているかのようだ。そこには、あどけなさやはかなさなど微塵《みじん》もない。あるのは圧倒的な強さと気品と、見る者全てを支配する妖艶《ようえん》さだ。

「王蜜《おうみつ》の、君《きみ》……」

まみえたことはなかったが、りんは一目でわかった。これは自分の王だと。

化け猫や妖猫《ようびょう》にとって、人間の主は守るべきもの、慕うべき相手だ。だが、王は違う。王は猫の眷族《けんぞく》の守り手であり、その存在は冒しがたく尊い。

この方のためなら、なんでもできる。魂も命も、無条件で差し出せる。

りんははっきりと感じた。

感動に打ち震えながら、りんは居ずまいを正し、頭を垂れた。くらも同じようにする。

紅珊瑚《さんご》のような唇をほころばせ、王蜜の君は笑った。

「どちらも怪我はないかえ?」

甘く涼やかな声音は、二匹の耳に心地よく響いた。疲れも痛みも恐れも、何もかもぬぐいとられるような気がした。

くらが思い切ったように口を開いた。

「王蜜の君が……なぜこんな場所に?」

「なに、たまたま近くを通りかかっただけじゃ。月の下、夜風に乗って走るのは、わらわの好きな遊びでの。そうしたら、わが眷族の叫びが聞こえるではないか。ただならぬ気配もしたゆえ、急ぎ駆けつけたのじゃ」

来てくれたのだ。王蜜の君は、りん達のような取るに足らない小妖のためにも来てくれた。涙がこぼれるほど嬉しかった。

泣いているりんとくらに、王蜜の君は何があったのかと尋ねてきた。二匹はわかっていることをできる限り話した。夜な夜な家から連れ出され河原に捨てられていた赤子、それを食い止めんと待ち伏せをしたこと、やってきた下手人が赤子の母親だったこと。

話を聞き終えた頃には、王蜜の君の瞳は楽しげにきらめきだしていた。

「なるほどなるほど。理由はどうあれ、赤子を、それも我が子を手にかけようとするとはのう。この女子《おなご》、よほどの闇を抱えていると見える。ふふ、穢《けが》れと粘りに満ちた魂は、さぞかし美しかろう」

ありがたくもらいうけると言うなり、王蜜の君は片腕に喜助を抱いたまま、もう一方の手をおときの胸に差しこんだ。白い指先が音もなくおときの胸に沈み、そのまま手首までめりこんでいく。

りんは思い出した。王蜜の君は、人の魂を集めるのを趣味にしているという。とりわけ、邪悪なものを好むのだとか。

おときは魂を取られるのだ。でも、誰がそれを止められよう。

りんもくらも、ただただ目を見張って、見ていることしかできなかった。

悪人なのだ。同情するに値しない女なのだ。

そう思っても、体が小刻みに震えてしまう。

と、王蜜の君が手を引き抜いた。その愛らしい手の上には、淡い色の焔《ほのお》をまとった丸い珠が載っていた。

美しい珠だった。ちょうど赤子のこぶしほどの大きさで、水晶のように透き通っている。芯のほうはほのかな黄色だ。春うららの日差しを思わせる、温かい色合いだ。

りんは驚いた。人の魂とはこんなにも美しいものなのか。おときのようなひどい女でも、魂はこうも美しいのか。

だが、取り出した魂を見るなり、王蜜の君はがっかりした声をあげた。

「なんとまあ。当てが外れたわえ」

「王蜜の君?」

「この女は善人じゃ。その証拠に、見よ、この魂の澄みようを」

つまらぬと言って、王蜜の君は魂をふたたびおときの胸に押しこんだ。

「善人の魂は、色が澄みすぎていて、面白味がない。わらわが求めるは、もっともっと毒毒しく、欲と悪で強烈に燃え立つ魂なのじゃ。がっかりさせてくれるのぅ。ひさしぶりにおもしろい色のが手に入るかと思うたに」

「で、でも、この人が善人だなんて」

「そ、そうですよ、王蜜の君。おときは喜助を殺そうとしたんです。それは間違いないんです」

りんとくらの言葉に、王蜜の君はふと真顔になった。

「もしかしたら、意図してやったことではないのかもしれぬ」

そう言って、王蜜の君はくらに喜助を渡し、宙釣りとなっているおときをじっくりと見つめた。その口元にまた笑みが浮かんだ。

「なるほど。不穏なものをつけておるではないか。気づかなかったとは、わらわも迂闊《うかつ》」

王蜜の君はふっと息を吹きかけた。

次の瞬間、恐ろしい叫び声がして、何か黒いものがおときから剝がれ、夜の闇に溶けこむように逃げていった。同時に、おときにまとわりついていた血の臭いもきれいに消え去ったのだ。

啞然としているりん達に、王蜜の君は言った。

「見てのとおりじゃ。この母親は何かに操られておったのよ。呪《じゅ》をかけられ、操られ、自分では気づかぬまま、大事な我が子を捨てていたというわけじゃ」

「で、でも、なんでそんな……操られてたって、誰にです？」

「そこまではわらわにもわからぬ。ただ、今の呪はそれほど複雑なものではないのう。さささやかで未熟で、それだけに込められた悪意の念がいやらしい。……呪ったのが誰であれ、赤子の死を望んでいたのは間違いあるまい」

りんもくらも、ぞくっとした。だとすれば、これで終わるとは思えない。また、新たな呪が送られてくるのではないだろうか。

だが、二匹の懸念を王蜜の君は笑い飛ばした。

「呪はわらわが落としたゆえ、送り手に跳ね返る。未熟とはいえ、威力は十分。送り手はただではすむまいよ。そなたらが心配することはあるまい。それより、そなた……」

「あ、は、はい。流れ猫のくらです。こっちは化け猫のりんっていいます」

「そうかえ。それでは、くら、とりあえずこの親子を家まで送っておやり。道中、妙なあやかしが手を出してこぬよう、守っておやり」

「はい」

ぴんと立てた尾の先に、青い火の玉を灯し、くらは喜助を抱いたまま歩きだした。そのあとを、地面におろされたおときがついていく。家につけば、術が解け、今度こそ完全に我に返ることだろう。

くら達が去ったあとも、りんはその場に残っていた。まだ言いそびれたことがあったからだ。王蜜の君に向き直り、深々と頭を下げた。

「ありがとうございました。助けていただいて。あたし達だけじゃなくて、赤ん坊やおときさんも助けていただいて」

「なに、わらわが眷族を助けるのは当然のことよ。あの親子のことは、まあ、ちょっとしたおまけにすぎぬ。退屈だったからの」

「それでも、ありがとうございます」

「ふふ。歳に見合わず、まじめな子じゃな」

王蜜の君は身をかがめ、小柄なりんをのぞきこんだ。金の目に捕えられ、りんは魂が吸い取られるような恍惚《こうこつ》感を覚えた。王蜜の君の声が甘く響いてきた。

「そなた、なかなか見所があるのぅ。妖力は弱くとも、度胸はたいしたものじゃ。どうだえ？　このままわらわのそばに仕えぬかえ？」

「えっ？」

以前のりんであれば、喜んでその申し出に飛びついていたことだろう。王蜜の君のそばにいられるなど、これ以上名誉なことはない。

だが……。

つっかえながらも、りんは断った。

「あ、あたし……ごめんなさい。ご主人様のところに帰りたい、です」

おたよには恩がある。その恩をまだ返していない。それに、おたよと徳助のそばにいると、なんとも言えない優しさに包まれる。あの心地よさにはまだまだ未練があったのだ。離れがたい。まだ離れられない。

うなだれる小さな化け猫に、王蜜の君はにこやかにうなずいた。

「そうかえ。ならば、今はあきらめよう。じゃが、気が変わったら、いつでもわらわのもとへおいで」

「はい」

「では、もうお帰り。主のもとへ」

「は、はい」

ぺこりとお辞儀をしてから駆け去るりんを、王蜜の君は優しく見送った。その朱唇《しゅしん》からため息のようなささやきがこぼれたのは、しばらく経ってからであった。

「はてさて。我ら猫のあやかしの、人のそばにいたがるものの多いことよ。わらわはこれまで人を恋しいなどと思うたことはないが……。人とはそれほどに良いものなのであろうか。人のそばはそこまで居心地の良いものなのであろうか」

試してみようかと、ふと思いついた。

そうだ。人のそばにしばらく居ついてみようではないか。これまでに試したことのないことだ。新しい遊びは大好きだ。胸を躍らせてくれるから。今回も、きっとおもしろいことになる。なにより、これでしばらくは退屈とは無縁でいられよう。
自らの思いつきにくすくす笑いながら、王蜜の君はすっと姿を消した。

根付《ねつけ》猫の漁火丸《いさりびまる》

その日、清次郎《せいじろう》はふらっと店を抜け出した。用があったからではない。気づいたら外を歩いていたのだ。

上を見れば、どんよりと曇った冬空が広がっていた。寒々しくて、重苦しくて。まるで自分の心のようだと、自嘲《じちょう》的に笑った。

清次郎は老舗《しにせ》の蠟燭《ろうそく》問屋、瀬賀《せが》屋の跡取りだ。歳は二十六になる。だが、老人のように生気のない顔をし、猫背でとぼとぼと歩く清次郎を、二十六と言い当てる者はいないだろう。

一年前まではこうではなかった。背筋はぴんと伸び、肌も目も若々しかったというのに。

「婿《むこ》入りなんて、やめておけばよかった」

重い吐息と共に、清次郎は本音を漏らした。

清次郎は、もとは小さな蠟燭問屋、新子《あらこ》屋の次男坊だった。だが、瀬賀屋の主人の宋衛《そうえ》門《もん》に見こまれ、一人娘の婿として、瀬賀屋に迎え入れられたのだ。

うだつのあがらない次男坊に、降ってわいたかのような大店《おおだな》との縁組。しかも、妻となる相手は、本多《ほんだ》小町と呼ばれるほどの美人だ。こんな幸運があるのかと、清次郎は何度も頬をつねったものだ。

だが、いざ瀬賀屋に入ってみると、そこは地獄だった。店の実権は、舅《しゅうと》である宋衛門がしっかりと握っており、清次郎は何もさせてもらえない。置物のように、日がな一日、店の奥の隅に座らされているだけなのだ。

最初は「この店のやり方を見て覚えなさい」という、舅の心遣いかと思った。だが、すぐにわかった。

瀬賀屋は、清次郎に店をやりくりさせるつもりなど、はなからなかったのだ。一人娘に子を産ませる、その相手として選んだだけ。まじめでおとなしい清次郎ならば、万が一にもつけあがるようなことはないだろう。そう見こんだからだったのだ。

所詮は血のつながらぬよそ者、真の跡取りを得るまでのつなぎにすぎないと、今では宋衛門は面と向かって言ってくる。清次郎は、それに言い返すこともできず、あいまいに笑っているしかないのだ。

味方は一人もいなかった。なにしろ、妻のおさえでさえ、清次郎を見下し、邪険《じゃけん》に扱うのだ。それを見た奉公人達が、清次郎を敬うはずがない。

無視、陰口、罵《のの》り、冷やかな蔑《さげす》み。

食事も奉公人と同じものを、納戸《なんど》のような狭く暗い部屋で一人でとらされる毎日。夜になれば、おさえの部屋に行かされるが、さもいやそうに身をこわばらせる妻に、愛《いと》しさや情がわくはずもなく、抱き寄せることもできなくなった。そうすると、ますます役立たずと罵られる。

そんな毎日を、一年も耐えたのだ。だが、それももう限界に来ていた。

苦しくて、切なくて。

気づけば逃げるように瀬賀屋を出ていた。戻れば、「なぜ勝手に外出した」と、頭ごなしに宋衛門に叱りつけられるだろう。奉公人の前で、がみがみと怒鳴りつけられる屈辱は、何度味わっても慣れることはない。

いやだ。もう帰りたくない。戻りたくない。

人を避けるように歩き続けるうちに、いつの間にか、清次郎は人気のない沼の前に来ていた。沼の水は青く、深みになにやら魅力的なものをたたえている。

いっそ、ここに飛びこんじまおうか。

ふらふらと前に進みかけた時だ。

「なんじゃ。身投げでもする気かえ？」

愛らしい声がした。

だが、振り返っても、誰もいない。ただ、小さな子猫が真後ろに座っているだけだ。生まれてふた月くらいの子猫だろうか。雪もかすむような純白の毛並みに、大きな金の瞳が輝いている。

子猫は清次郎の顔をまっすぐ見て、口を開いた。その口から、先ほどの声が流れ出る。

「なんともすさまじい顔をしておるのぅ。魔に憑かれた人間でも、こうまでやつれはするまいて。まあ、命を粗末にするなと、そんな野暮は言わぬがの。ただ、この沼での身投げはやめておくがよい。水が濁ると、主《ぬし》が怒る。そうなったら、そなた、簡単には死なせてもらえまいよ」

恐ろしいことを平然と言う子猫を、清次郎はぼんやりと見返した。

化け猫だ。人の言葉を話すなんて、これは化け猫に違いない。

だが、頭が半分おかしくなりかけているせいか、少しも恐ろしくなかった。宋衛門やおさえといった瀬賀屋の面々に比べれば、化け猫などかわいいものだ。実際、白い子猫はたいそう愛らしくて、清次郎は思わず言葉を返してしまった。

「おまえさんがそう言うなら、身投げはやめとくよ。……かわいいね、おまえさん。この辺りに住んでいるのかい？」

「いや、遊びに来ただけじゃ。あとから連れも来るはずじゃ。それにしても、わらわをかわいいとは、嬉しいことを言うてくれるの」

「うん。ほんとのことだもの。あたしが見た中でも一番の別嬪《べっぴん》さんだよ、おまえさんは」

「ふふふ。そうかえ？」

清次郎はなんだか嬉しくなってきた。誰かとまともに話すのはひさしぶりだ。たとえ相手が猫であろうとかまうものか。

「ちょいと話し相手になってくれないかい、化け猫さん」

「その呼び方は好かぬ。白蜜《しらみつ》というのが、今のわらわの呼び名じゃ」

「白蜜ちゃんか。ぴったりだ」

「話し相手になってやってもよいが、愚痴《ぐち》は聞かぬぞえ。湿っぽいのは大嫌いじゃ」

「おやおや、小さいのに手厳しいねえ」

愉快になって笑った時だ。ざざざっと、草を踏む足音がして、釣り竿《ざお》を持った少年が木立の向こうから現れた。年頃は十三かそこら。小柄だが、生き生きとした目をしており、なんとも言えない愛嬌がある。のびのびと健《すこ》やかに育っている。それが見て取れる子だった。

少年は清次郎に気づき、足を止めた。そして、その足元にいる子猫を見るや、ぎょっとしたように目を見開いたのだ。察した清次郎は話しかけた。

「白蜜ちゃんの連れって、おまえさんかい？」

「い、いや、その……白蜜ちゃんって、おい！」

睨む少年に、白蜜はしれっと言った。

「すまぬ、弥助《やすけ》。名乗ってしまったのじゃ」

「ひ、人前でしゃべっちゃだめだって、あれ、あれほど言ったじゃないか！」

「うっかりしてしもうたのじゃ」

「嘘だ！　絶対わざとだ！　ていうか、なんでまたしゃべるんだよ！」

「もう遅かろう」

「そうじゃなくって、ああもう！　これじゃごまかせないじゃないか！」

あわてふためく少年の姿が妙におかしくて、清次郎は笑いだしてしまった。こんなふうに笑うのもひさしぶりだ。

「いや、ごめんよ。なんだか、たまらなくおかしくなってねえ。大丈夫。あたしは白蜜ちゃんのことを誰かに話したりしないからさ」

どうせ話しても信じてもらえまい。そもそも、清次郎の話など誰も聞いてはくれまい。

顔を歪《ゆが》める清次郎を、少年は警戒した様子で見ていた。やがて、小さな声で言った。

「誰にも話さないって、約束してくれるかい？」

「もちろんだよ」

「……怖く、ないのかい？」

「あたしのまわりには鬼より怖いやつばかりいるからね。こんなかわいい化け猫くらい、なんともないよ」

清次郎の本気が伝わったのだろう。少年はやっと肩の力を抜いた。

「それじゃ……俺達はこれで。ほら、王……白蜜さん。もう行こう」

「釣りはもういいのかえ？」

「白蜜さんと一緒じゃ、おちおち釣りもできやしないよ。今日はもう帰る。ほら、行くよ」

白蜜は逆らわず、少年の肩に飛び乗った。

行ってしまう。せっかく出会えたのに。

引き留めたくて、清次郎は思わず言った。

「釣り、好きなのかい？」

「ん？　えっと、まあまあ」

「そうかい。釣れた？」

「釣れる前に、この白蜜さんがいなくなっちまったから……」

情けなさそうに言い訳しながら、少年は空っぽの魚籠《びく》を見せた。

今だ。

息を吸いこみ、清次郎は切り出した。

「それなら……教えてあげようか？」

「釣り、うまいの？」

「うん。昔はよくやったし、大物だって釣り上げたことがあるよ」

「そうなの？　それなら……教えてくれる？」

「いいとも。それじゃ、明日の朝五つ頃（午前八時）にここで待ち合わせしよう。どうだい？」

「いいよ」

少年は改めて弥助と名乗った。

約束を交わし、清次郎は瀬賀屋に帰った。不思議なことに、その日は宋衛門の叱責もそれほど苦にならなかった。

早く明日が来てほしい。あの弥助という子と、白蜜という化け猫と、また話したい。

思わず口元がゆるんだのがまずかった。「何を笑ってるんだい！」と、宋衛門にさらなる雷を落とされてしまった。

さて、所変わって、貧乏長屋が軒を連ねる下町。そのうちの、太鼓《たいこ》長屋と呼ばれる長屋の一画に、弥助は住んでいる。正真正銘の人間ではあるが、化け猫の連れがいるくらいなのだから、普通の人間とはちょっと言いがたい。

弥助は、妖怪達の子供を預かる、子預かり屋なのだ。一緒に暮らす養い親の千弥《せんや》も、もとは妖怪の出である。

というわけで、弥助のまわりはいつもにぎやかだ。夜ともなれば、親妖怪が子供を預けに来たり、顔なじみの子妖が勝手に遊びに来たりする。

だが、まさか、妖怪の中でも名の知れた大妖怪、王蜜の君を預かるはめになるとは。

預かったのは昨夜だ。王蜜の君がやってきて、「こたびはわらわを預かっておくれな」と言われた時は、弥助はそれこそ天地がひっくり返るかと思った。

「な、な、な！」

「なにゆえと聞きたいのかえ？」

「そ、そうだよ。だ、だ、だって、王蜜の君に子守りなんて、い、いらないいじゃないか」

「私もまったく同感だね」

弥助の養い親にして、按摩《あんま》の千弥も、その美しい顔を苦々しげに歪めてうなずいた。

「弥助は子預かり屋なんだよ？　子妖を預かるってだけでも、私は気に食わないのに。おまえのような危険な大物に、気まぐれでまとわりつかれちゃ大迷惑だよ」

「そこまで言うかえ？」

「言わないと微塵《みじん》もわからないだろう？　そもそも、おまえは子供ですらないじゃないか」

千弥の言葉にも、王蜜の君はまったくひるまない。笑いながら、ひらひらと手を振った。

「まあまあ、固いことを言うでない。よいではないか。わらわも、たまには誰かに守られ、厄介になってみたいのじゃ。そういうことで、しばらく頼む。ああ、この姿ではさすがに目立ちすぎると言うのであろう？　心配ない。ここにいる間は、わらわはただの子猫になりすますゆえ」

その言葉通り、王蜜の君は小さな白猫へと姿を変えた。

「のう？　これならば場所もとらぬし、たいした迷惑にもなるまい？　ああ、この姿でいる間は、わらわのことは白蜜とでも呼んでおくれな」

こうして、王蜜の君は太鼓長屋の居候《いそうろう》となったのだ。

その時から弥助は嫌な予感がしていた。絶対平穏なままですむはずがないと。だが、まさか昨日の今日で、さっそくしでかしてくれるとは。

「あれほど他の人間の前では、普通の猫のふりをしてくれって頼んだのに。さっきは肝が縮んだよ」

長屋に戻ってからも、弥助の嘆きはおさまらなかった。なのに、王蜜の君、いや、白蜜はすましたものだ。

「まだぐちぐち言うかえ？　しつこい男子《おのこ》は嫌われるぞえ。よいではないか。あの男は約束を守ってくれそうじゃ。釣りも教えてくれるというし、願ったり叶ったりであろう？」

「そういうことじゃなくて！　あのおじさんはたまたま度胸があっただけで、普通の人間じゃそうはいかないってことを言いたいんだよ。……妖怪だって知られたら、大騒ぎになるってわからないのかい？」

「なったらなったで、かまわぬ。向かってくる者は蹴散らせばよいだけのこと」

「……ああ、もう！」

話が嚙みあわず、弥助は頭を抱えた。

なんの因果で、子供とは到底言えない厄介な大妖を預からなくてはならないのか。火の玉を抱えこむほうがまだましだと、正直思う。千弥が今、家にいなくて幸いだ。これを見たら、弥助を悩ませたということで、問答無用で白蜜を叩きだしにかかるに違いない。

「だいたい、なんでわざわざあのおじさんに話しかけたりしたんだい？　魂がお目当てだったわけじゃないんだろ？」

「おや、わかるのかえ？」

「だって、悪い人じゃなさそうだったし。顔色はすごく悪かったけど」

「わらわが最初に見た時は、もっとすさまじい形相であったぞえ。死相が出ておったもの」

「え？」

絶句する弥助に、白い子猫は大人びたまなざしをくれた。

「あの男、死ぬつもりであったのよ。わらわは人の生死になど興味はないが、あれは目をひいた。あれほどの絶望を抱えこむとは、なにゆえであろうかと。じゃから声をかけたのよ」

「そ、それで、わけはわかったのかい？」

「まだわからぬ。じゃが、すぐにわかる」

にやっと、白蜜は笑った。子猫の姿でも、その笑いはいたずらっぽく、楽しげだった。

「ここに戻るまでの間に、この近辺の眷族《けんぞく》に念を送っておいたのじゃ。これこれこういう男について知りたいとな。じきに、知らせがもたらされようよ」

あとは待つだけじゃと、白蜜はひらりと梁《はり》の上にあがってしまった。

白蜜の言ったとおり、その夜のうちに知らせがもたらされた。伝えに来たのは、白い毛に黒いぶち模様を浮かべた、でっぷりと太った化け猫だった。

大きな体を縮めるようにしながら、その化け猫は白蜜に名乗った。

「あたしは黒紋《くろもん》町一帯を縄張りとする姥猫《うばねこ》の美鈴と申します。王蜜の君がお知りになりたいという男のことについて、申し上げにまいりました」

「よう来ておくれだ。では、話しておくれな」

「はい」

少々緊張しながらも、美鈴はよどみなく話していった。

男の名は、清次郎。歳は二十六。昨年、蠟燭問屋、瀬賀屋に婿入りしたものの、主人一家に苛《いじ》め抜かれているという。

「それがまた、たいそうねちっこい苛め方でございまして。近所でも評判は悪うございます」

「そうであろうな。そうでなくては、ああまで心が病みはすまい」

うなずく白蜜の横で、弥助は絶句していた。

「あのおじさん……二十六だったのか。てっきり、五十過ぎかと思った」

「そんなに老けていたのかい、弥助？」

千弥が口をはさむ。

「う、うん、千にい。すごく痩せて、死人みたいな顔色をしてたし……かわいそうな人だったんだな」

同情する弥助に、千弥は少し厳しい声で言った。

「弥助、その人に深く関わっちゃいけないよ」

「え、なんで？」

「そういう追い詰められた人間はね、自分に優しくしてくれる者にすがりつこうとする。溺れる者は藁《わら》をもつかむと言うだろう？　最初のうちはよくても、そのうち、弥助が息苦しくなるほどからみついてくるに決まってる」

「そんな大袈裟《おおげさ》な」

「私は本気で言っているんだよ」

ひやりとした気配が、千弥の美しい顔からかもしだされた。

「私に言わせれば、清次郎って人も大概だよ。そんな嫌な場所にいつまでも居続けるなんて、愚かなことだ。とっとと出ていけばいいものを、そうする覚悟もない。そんな根性なしに中途半端に手を差し伸べたって、弥助が困らされるだけだ。そして、そんなことは私が許さない」

清次郎とは二度と会うなと言われ、弥助はうつむいた。

千弥が自分を守ろうとしてくれているのはわかる。でも、すぐにはうなずけなかった。清次郎のまなざしが頭の中によみがえる。捨てられた子犬のような目が、「明日会う」と弥助が約束したとたん、星を散らしたように輝いたのだ。あれを裏切るのは、弥助には無理だった。

「でも……釣りを教えてもらうって約束したし……明日だけ。ねえ、千にい。明日だけ会いにいかせてよ」

「だめだよ。二度と会っちゃいけない」

と、白蜜が口をはさんできた。

「まあまあ、白嵐《びゃくらん》。そう固いことを申すでない」

「……あと一回でも白嵐と呼んだら、ここから叩きだすよ。千弥だと言っているだろう？」

「そう唸ってくれるな。では、千弥よ。こたびの一件は、わらわが納める。弥助の重荷になるようなことには決してさせぬゆえ、明日は弥助を行かせてやっておくれな」

「……おまえがことを納めるのは当然だよ。もとはと言えば、おまえが全部悪いんだから」

思いっきり渋い顔をしながらも、千弥は口をつぐんだ。

一方、弥助は青ざめた。

「ど、どうするの、王蜜の君?」

「白蜜と呼んでおくれな」

「し、白蜜さん。何する気? まさか、清次郎さんを苛めてるやつらの、魂を抜き取るつもりかい?」

「まさか。確かに嫌らしい者どものようじゃが、わらわが手元に留めておくほどの魂ではない。小悪人の魂にはとんと興味はない」

「それじゃ……」

「わらわは直接手出しはせぬ。じゃが、清次郎には守りをつけてやろうと思う」

「守りを?」

「そうじゃ。あの男の心が、これ以上闇に沈まぬようにな」

いたずらっぽく微笑《ほほえ》む白蜜に、千弥は皮肉たっぷりに言った。

「ずいぶん親切じゃないか」

「なに。あの男はわらわをかわいいと言ってくれたのでの。美しいとは幾万回と言われたことがあるが、かわいいと言われるのはなかなかないこと。新鮮で気に入ったのよ」

そう言ったあと、白蜜は宙をあおぎ、つぶやくように声を放った。

「仲人屋《なこうどや》、これにまいれ」

ほどなく、戸口を叩き、仲人屋の十郎《じゅうろう》が入ってきた。

あちこちの蔵や古道具屋で付喪神《つくもがみ》を見つけ、人間との縁を結ばせる十郎は、いつものように風呂敷包みを肩に背負い、行商人のような恰好をしていた。

愛嬌たっぷりの顔に人懐こい笑みを浮かべ、十郎はなめらかに口を動かした。

「どうもこんばんは。弥助さんに千弥さん。おひさしぶりで。お元気でした?」

「うん。この前はありがと、十郎さん」

「なに、こちらは人助けが商売。あちこちで徳を積めば、新たな縁も見つかろうってもんです。呼ばれれば、いつでもどこでも駆けつけますよ。猫の姫様のお呼び出しとあっては、なおさらねえ」

そう言って、十郎は白蜜にうやうやしく頭を下げた。

「麗《うるわ》しき白の君。しがない仲人屋にどのようなご用でございましょう?」

「うむ。そなたの手持ちの付喪神に、確か、わらわの眷族がいたと思うのじゃが。まだ主《あるじ》持ちではあるまい？」

「ああ、漁火丸《いさりびまる》のことでございますね。ええ、ええ。残念ながら良いご縁が見つからず、まだあたしの元におります」

「話がしたい。出しておくれ」

「ようございますとも」

十郎は手早く風呂敷包みを解き、手の平に載るほどの桐《きり》の小箱を取り出した。ふたを開け、そのまま白蜜へと差し出す。

箱をのぞきこみ、白蜜は静かに言った。

「わらわの命《めい》じゃ。ある男のところに行っておくれ」

箱から猫の鳴き声が返ってきた。


次の日、瀬賀屋の清次郎は何食わぬ顔を保つのに必死だった。内心は、わくわくしていた。一刻も早く出かけたくてたまらない。だが、まだだめだ。宋衛門達が出かけたあとでなくては。

今日、宋衛門は妻と娘を連れ、芝居見物に行くことになっている。今人気の新作歌舞伎を楽しみ、その後、なじみの料亭でおいしい物に舌鼓を打つのだという。

むろん、清次郎は留守番だ。こういう行楽に付き合わせてもらえることはまずない。ああ楽しみだと、嬉々として着物を選ぶ妻を横目で見ながら、ただうつむいているしかない。いつもなら悔しさと寂しさに、胸がひきつれただろう。だが、今日は違う。こちらにも釣りの約束があるのだ。

が、このことは絶対に知られてはならない。瀬賀屋の一家に知られたら、必ずや邪魔されるだろう。清次郎には一片たりとも幸せを味わわせたくない。そういうねじくれた性根の持ち主達なのだ。

わざといたたまれない様子で身を縮めながら、清次郎はひたすら宋衛門達が出かけるのを待った。

おかみとおさえの身支度に時間がかかり、ようやく三人が門口にそろったのは、朝六つ(午前六時)をだいぶ過ぎた頃だった。

「それじゃ行ってくるよ。八兵衛《はちべえ》、あとは頼んだから」

見送りに来た清次郎をあえて無視し、宋衛門はわざとらしく番頭の八兵衛にだけ声をかける。八兵衛も心得たもので、にやっとして胸を叩いてみせた。

「はい。どうか店のことは心配なさらず、楽しんでいらしてくださいませ。行ってらっしゃいませ」

「うん」

何も言わないでいると怒られるので、清次郎は小さく「行ってらっしゃいませ」とだけ言った。宋衛門とおかみは聞こえなかったふりをし、おさえだけは肩をそびやかすようにし、ふんと鼻で笑った。

そうして三人が出ていったあと、奉公人達は驚いた。清次郎が急にしゃっきりした顔つきになり、「ちょいと出かけてくるよ」と言いだしたからだ。

八兵衛は顔色を変えた。清次郎には勝手なことをさせるなと、主からきつく言われているのだ。

「困りますな。大旦那様がいらっしゃらない間は、清次郎様に店を守っていただかないと」

睨んでくる番頭を、清次郎は睨み返した。この男のことも大嫌いだ。宋衛門の腰巾着《こしぎんちゃく》で口調は慇懃《いんぎん》でも、ちまちまと嫌味と蔑みを練りこんで、清次郎のことをいたぶってくる。

今も、宋衛門のことは「大旦那様」と呼び、清次郎のことは「清次郎様」だ。おまえを主とは見ていないよと、暗に告げている。そういうさりげない嫌らしさが、今日はことのほか気に障った。

だから清次郎は言った。

「いいから、そこをどいとくれ。約束があるんだよ。店ならおまえさん達がきちんと仕切ってくれるんだから、平気だろう？」

あたしなんか、いてもいなくてもどうせ同じなんだから。

吐き捨てるように言い、番頭を押しのけて、外へと出る。後ろから、「お、大旦那様に言いますからね！」と、うろたえたような叫び声が聞こえたが、足を止めることなく進み続けた。気が弱いので、本当は胸がばくばくしていたが、それもやがておさまった。

八兵衛はきっと宋衛門に言いつけるだろう。今日はひどく怒られるだろう。だが、それがなんだ？　どうせいつだって怒られるのだ。だから、もう忘れてしまえ。今は楽しい釣りのことだけ考えればいい。

見上げてみれば、今日の空は青かった。その青さが心に染みて、清次郎は気も晴れてきた。途中、釣具屋で釣り竿と餌を買い、清次郎は足取りも軽く約束の場へと向かった。

あの沼の前には、すでに弥助が来ていた。清次郎はぱっと笑顔になった。

「ごめんよ。待たせてしまったかい？」

「ううん。待ったのはほんのちょっとだけだよ」

「そうかい。なら、よかった」

老けこんだ顔で、清次郎は子供のように笑った。

「化け猫の白蜜ちゃんは？」

「今日は寒いから来ないって。気まぐれなんだ、猫だけに」

「そうかい。会えなくて残念だ。……それじゃ、行こうか？」

「うん」

二人は近くの河原へと移動し、流れに釣り糸を垂らした。清次郎は魚を釣り上げる時の呼吸や、餌の選び方などを教え、弥助はそれを熱心に聞いた。それ以外では、二人ともほとんど黙っていた。

昼時になると、弥助は懐《ふところ》から竹の子の皮で包んだものを二つ、取り出した。

「はい、これは清次郎さんの分」

「なんだい、それは？」

「もちろん弁当だよ。俺が作ったんだ。食べてよ」

当たり前のように、自分の膝の上に弁当を置かれ、清次郎は胸がいっぱいになった。弁当は、刻んだ菜っ葉をまぜこんだ握り飯が三つと、大根の漬物が少々。ただそれだけなのに、たまらなくうまかった。

「うまい！　うまいよ！」

冗談ではなく、涙があふれてきた。

いい大人がおいおいと泣く様に、弥助はただ静かに顔をそむけていた。その無言は温かった。瀬賀屋での無視は堪《こた》えるものなのに。何も言わない優しさもあるのだと、清次郎は初めて知った。

そのあとは、また静かに二人で釣りを続けた。

本当のところ、清次郎は弥助にいくつも聞きたいことがあった。あの白蜜という化け猫はなんなのか。弥助はどうして化け猫と知り合いなのか。どこに住んでいるのか。

だが知りたい気持ちをぐっと押し殺し、釣りのことしかしゃべらなかった。そうしないと、すぐにも弥助が遠ざかってしまいそうな気がしたのだ。

清次郎の教え方がうまかったのか、弥助の飲みこみが早かったせいか、その日は魚がよく釣れた。

魚籠がいっぱいになり、弥助はほくほくとした笑顔となった。

「これだけ釣れりゃ、もう十分だ。俺、もう帰るよ。清次郎さん、教えてくれてありがと」

「……もう帰ってしまうのかい？」

「うん。帰ったら、この魚でうんとうまいものをこしらえるんだ」

「それじゃ……次はいつ会えるかな？」

「……………」

こちらを見返す弥助の目を見たとたん、清次郎は悟った。もう「次」はないのだと。

申し訳なさそうに笑ったあと、弥助は懐から何かを取り出し、清次郎の手に握らせた。

「これ、あげるよ」

「え?」

「王……ううん、白蜜さんから清次郎さんにって。かわいいって言ってくれたお礼だって」

「……化け猫から贈り物をもらうなんて、初めてだよ」

無理やり笑みを浮かべる清次郎の手を、弥助はさらにぎゅっと握った。

「逃げなよ、清次郎さん」

「え?」

「つらいことがあるなら、逃げちまえばいいじゃないか。俺、事情はよく知らないけど、清次郎さんはひどい目にあってんだろ? まだ若いのに、そんな老けちまって……今にも倒れそうな顔してるよ。やめなよ。そんなふうになるまで我慢することないじゃないか」

「……………」

「ある人が教えてくれたんだ。人の魂はそれぞれ違うって。みんながみんな、同じことに耐えられるわけじゃないって。だから、逃げていいんだって。逃げて、またどこかで立ち直ればいいんだって。清次郎さんもそうしなよ」

「……そういうわけにはいかないんだよ」

しぼりだすように言う男に、弥助はうなずいた。

「そう言うと思ったよ。でも、心のどこかに留めといてほしいなと思ってさ。……じゃあね」

少年は風のように去っていった。

しばらくうなだれていた清次郎だったが、ようやく我に返り、こぶしを開いた。

手の中にあったのは、根付だった。柘植《つげ》でできているのだろう。とろりとした飴《あめ》色で、大きな鯛《たい》に小さな猫がしがみつくという意匠《いしょう》だ。鯛を捕まえようとしているようにも、戯《たわむ》れているようにも見える。銘はなかったが、精緻《せいち》な細工で、鯛など鱗《うろこ》の一枚一枚までちゃんと彫りこまれている。

なにより、猫がいい。にやりと笑っているような表情で、見ているとこちらも元気がわいてくるようだ。

「ありがとう……」

恐らく、弥助とも白蜜とも二度とまみえることはないだろう。あの不思議な者達に出会った証として、思い出として、これは大切に取っておくとしよう。

清次郎は根付を懐に入れ、瀬賀屋への道を歩き始めた。足取りは重かったが、しかたなかった。そこしか戻るところはないのだから。


その夜、清次郎は夕餉《ゆうげ》抜きという子供じみた折檻《せっかん》を食らい、自室へと追いやられた。空腹はつらいし、薄い布団は寒かったが、それでも身を丸めていると、いつしか寝入っていた。そして夢を見たのだ。

夢の中で、清次郎は小島の波打ち際にいた。まわりは見渡す限りの大海原だ。波の音は力強く轟《とどろ》き、風は心地よく吹いている。活力が体に流れこんでくるようで、思わず思いっきり息を吸いこんだ時だ。

後ろから声をかけられた。

「旦那。あっしと釣りをしやせんか?」

振り向き、清次郎は息をのんだ。

猫がいた。見事な虎柄で、後ろ足で立ち、頭にねじり鉢巻《はちま》きを締め、不敵に笑っている。その背丈は清次郎ほどもあり、腕は間違いなく清次郎よりも太い。

漁師顔負けのたくましい猫は、ふたたび口を開いた。

「旦那。釣り、しようじゃありやせんか」

「お、おまえさんと、あたしが？」

「おまえさんじゃありやせん。あっしは漁火丸。さあさ、時が惜しい。早いとこ、魚を釣ろうじゃありやせんか。あっしはもう、腹ぺこでさぁ」

どこからともなく釣り竿を二本取り出した漁火丸は、うち一本を清次郎に渡し、自分はさっさと海へと釣り糸を垂らしだした。

目を白黒させつつ、清次郎は猫に付き合うことにした。並んで座りながら、清次郎はちらちらと漁火丸を見た。

「い、漁火丸さん……」

「なんでやす？」

「これは……夢ですよね？」

「ふふん。まあ、夢と言やあ夢でやしょ。でも、ただの夢と言うのももったいない」

「……あたしは、魔に魅入られたんでしょうか？」

「そう思うのも、旦那次第でございやしょ。あっしはただ、大物を釣って、そいつを食いたいだけでさ」

その時、ぎゅんと、清次郎の釣り竿がしなった。

「かかった！　魚がかかった！　旦那ぁ！　しっかり持ちなせぇ！」

「あ、あああ、漁火丸、さん！　強い、これ！　相当な大物だよ！」

「死んでも離しなさんなよぉ！」

漁火丸に助けてもらい、清次郎は大きな鰹《かつお》を釣り上げた。その時には、汗と海水でびしょびしょで、手の皮がつっぱって、ひりひりしていた。ひどいありさまだ。なのに、やたら愉快で、清次郎は笑いだしてしまった。あとからあとから、腹の底から笑い声があふれでてくる。

楽しい楽しい。愉快だ愉快だ。

清次郎が笑っている間に、漁火丸は手早く鰹をさばき、うまそうな刺身に仕上げてしまった。そこに、醤油をさっとかけ、刻み葱《ねぎ》をどっさりと盛りつける。

「さ、食いやしょう」

「う、うん」

大きめの刺身を口いっぱいに頬張り、そのうまさに清次郎は仰天した。どんな料亭の料理もかなわぬ一品だ。秋の鰹は少々脂がのりすぎているが、空腹の清次郎にはたとえようもなくおいしく感じられた。

「おいしい！」

「うん。やっぱり自分で釣って、自分で食う。これが一番うまい魚の食い方ってもんだ。あ、酒もあるんでさ。一杯いかがで？」

大きな茶碗になみなみと注がれるのは、どろっとしたどぶろくだ。だが、それがまた五《ご》臓六腑《ぞうろっぷ》にしみわたる。

「うまいねえ。ああ、しみるよ」

「そうでやしょう」

「ああ、いけない。あたしばっかりもてなしてもらって。漁火丸さん、おまえさんの番だ。酌をさせておくれ」

「へへ。こりゃ、嬉しいこって」

こうして一人と一匹は、おおいに飲み食いし、語り合い、しまいには大声で歌い合って楽しんだのだ。

すっかり酔いが回った清次郎は、倒れそうになり、最後には漁火丸に抱きとめられた。大きな猫の体はふかふかと温かく、潮の匂いがした。それが心地よくて、もう目を開けていられない。

眠りにひきずりこまれながら、必死で清次郎は言った。

「また、一緒に釣りをしてくれるかい？」

「いつでも喜んで。あっしはいつだって旦那のそばにいまさぁ」

ごろごろと、漁火丸が喉を鳴らす。その音を子守唄に、清次郎は眠ってしまった。

翌朝、目を覚ました清次郎は微笑んだ。自分の手の中に、引き出しにしまったはずの猫の根付があったのだ。

「今夜も会おうねぇ、漁火丸さん」

ささやきかけると、鯛にしがみついた猫が笑ったような気がした。


瀬賀屋の娘おさえは苛立っていた。原因は夫の清次郎だ。

はなから気に食わない相手だった。たかだか小さな問屋の次男。顔も美男とは程遠く、好もしいところなどかけらも見当たらない。「あいつをおまえの婿にするよ」と、父親から言われた時は、思い切り顔をしかめたほどだ。

新婚の頃は、清次郎はあれやこれやとおさえに話しかけ、機嫌をとろうとしてきた。が、おさえは一切応えなかった。

何をほわほわと笑っているんだろう。気色悪いったら。まさか、このあたしと釣りあうとでも思っているのだろうか？　冗談じゃない。ああ、いやだいやだ。こんな冴えない男、絶対夫と認めるものか。

清次郎の顔が、戸惑ったようにこわばり、悲しげになり、やがてはうつむいていくのを見た時、やっと満足した。

そうだ。この男はこうあるべきなのだ。しょんぼりと肩を落としている姿を見ると、もっともっといたぶってやりたくなる。

清次郎が逆らわないのをいいことに、おさえはやりたい放題に振る舞った。もちろん、誰もそれを咎めない。両親などは笑って、もっとやってやれと言うくらいだ。

瀬賀屋の中では、なんでもおさえの思いのままだった。

だが、少しずつ何かがおかしくなってきていた。

清次郎だ。前は、おさえに罵られるたびにしおれていたのに、最近は平気な顔をしている。宋衛門に怒鳴りつけられても、どこ吹く風で、ひょうひょうとやりすごしている。まるでどこか違う世を見ているかのような穏やかな目を見ると、おさえはいらいらしてたまらなかった。

なぜ、つらそうな顔を見せないのだろう？　なぜ、幸せそうに微笑んでいるのだろう？けっこうな頻度で飯抜きにもしているのだが、いっこうに堪える様子がない。むしろ、前よりも太ってきたくらいだ。

気味が悪い。

こちらの思い通りの反応を見せない夫に、おさえは胸がざわついた。

それが顔に出ていたのだろう。ある日、通いの髪結いに言われてしまった。

「どうしたんです、御新造《ごしんぞ》さん。なんだか暗い顔をしちゃって」

この髪結いは腕がよく、髷《まげ》の仕上がりも申し分ないので、おさえは気に入っていた。なにより髪の扱いが丁寧なのだ。髪をくしけずってもらうと、気持ちがよくて、気が楽になる。

だからだろうか。

心の内を打ち明けたくなった。

だが、さすがに家の内情をあらわにするのは恥ずかしい。そこで、自分のことではなく、友達のこととして話すことにした。

「ええ、まあ、ちょっと。お友達のことでねぇ」

「お友達がどうなすったので？」

「ええ……どうも、その人の旦那がおかしいそうなの。理由もないのに、やたら元気になったとかで。人が変わったみたいだって、友達も気味悪がっているんですよ」

「ああ、そりゃ十中八九、よそに女ができたんでしょうよ」

髪結いの言葉に、おさえは笑いだしてしまった。

「まさか。あの人に限ってそんなことは……」

「それそれ。そう思ってしまうのが、女房の落とし穴。男なんてものは、みんな浮気の虫を腹ん中に飼ってるもんですよ。家が楽しくなかったり、居場所がなかったりすれば、なおさらね。よそに別の巣を作って、かわいい女を引っ張りこんで、元気になろうってわけで」

「………」

「そのお友達にも伝えてあげるとようござんす。きっとね、女にもらった品なんかを、旦那は隠し持ってるはずだから。旦那がいない隙に、ちょいと探してみて、見慣れぬ品なんかあったら、まず間違いないでしょうよ」

したり顔で言う髪結いに、おさえは返事もできなかった。わなわなと震えていたのだ。

女？　女だって？　そんなこと、考えもしなかった。あの清次郎に、あんな穀《ごく》つぶしにそんな甲斐性《かいしょう》があるわけない。

そう思うのに、ばらばらだったものがみるみる一つにかたまっていく。そうなのかもしれない、と。

そうだ。女ができたと考えれば、何もかも辻褄《つじつま》が合う。幸せそうなのは、女がいるから。血色がいいのも、その女のところにこっそり通って、女の作った手料理を食べているから。

かっと、頭に血がのぼった。

清次郎に情など一切ない。だが、それとこれとは別だ。馬鹿にして。婿養子の分際で、許せない。

おさえはゆらりと立ちあがった。後ろで髪結いが何か言っていたが、耳に入らなかった。

おさえはそのまままっすぐ、清次郎の部屋へと向かった。

清次郎は、今日も店の片隅に座らされていた。帳簿一つ見せてはもらえず、むろん、客の相手もさせてもらえない。文字通り、置物同然の扱いだ。

前は、これが最もつらい責め苦だった。客の中には清次郎の境遇を知り、哀れみのまなざしを向けてくる人もいる。それがまた肌に突き刺さるように痛かった。

が、今はもう平気だ。夢のことを思い浮かべていれば、いくらでも時をつぶすことができる。

清次郎は、今や夜が待ち遠しくてならなかった。眠りにつけば、猫の漁火丸のもとに行けるからだ。弥助から根付をもらってからというもの、清次郎は毎晩、漁火丸の夢を見るようになっていた。

夢の中では、何もかもが楽しかった。共に釣りをし、釣った魚を食べて、話をして。清次郎が愚痴を吐き、男泣きに泣いても、漁火丸は笑いながら寄り添ってくれるのだ。

「元気だしなせぇ、旦那。そうだ。明日は、舟を出しやしょう。沖釣りとしゃれこもうじゃありやせんか」

昨夜の漁火丸の言葉がよみがえってきて、清次郎はくすくすと笑った。楽しみだ。今日は何が釣れるだろう？　釣った魚は、どう調理してやろうか。

この頃は、漁火丸に教わって、魚をさばくこともやりだしている。おっかなびっくり握った包丁だが、少しずつうまくなっていくのが自分でもわかって、楽しい。

夢で漁火丸と会うことだけが、今の清次郎の生きがいだった。

ああ、早く夜にならないだろうか。

ちらちらと、外の日差しを見ていた時だ。どどどっと、荒々しい足音と共に、おさえが姿を現した。

誰もがぎょっとした。いつも取りすまし、身だしなみに隙のないおさえが、その日はひどい恰好をしていた。髷は崩れかけ、相撲でもとったかのように着物も乱れている。なにより顔がすさまじい。見たこともない青白い顔色をしており、目だけが吊り上がっているのだ。

「こ、これ、おさえ。そんな乱れた恰好で、はしたない」

いち早く我に返った宋衛門が、娘をたしなめた。だが、おさえは返事をしない。聞こえたそぶりも見せない。誰かを探すかのようにさ迷っていた目は、清次郎を認めるなり、ぐあっと地獄の炎のように燃え上がった。

「おまえ！」

怪鳥のようなわめきが、おさえの口からほとばしった。

「このろくでなし！　うちに拾われたも同然のくせに、よくも主人を裏切れたものね！」

「お、おさえ……」

「畜生！　あたしの名を呼ぶんじゃないよ！　汚らわしい！　あたしのとこに来なくなったと思ったら、他で子種を振りまいてたってわけ！」

あけすけな罵りに、清次郎のほうが赤くなったほどだ。

「な、なんのことを……」

「今更とぼけるんじゃないよ、この屑《くず》！　証拠だってあるんだから。なにさ。こんなもの、後生大事にしまっておいて！」

高々とおさえがかざしたものを見て、今度は清次郎が青ざめる番だった。

根付だ。鯛と猫をあしらった柘植の根付。清次郎にとってなにより大切なものが、おさえの手に握られている。まるで自分の心の臓を握られているような心地がした。

宋衛門らに取り上げられるのを恐れ、本当は肌身離さず持っていたいのを我慢し、自室に隠しておいたのに。どうして、おさえがそれを持っている？

震えながら手を差し出した。

「お、おさえ、それを返しておくれ。誤解だよ。あたしは、な、何もしちゃいない。浮気なんかするわけないじゃないか。それは、友達からもらったものなんだ」

「あら、そうなの？」

おさえの声に粘っこい毒が混じった。

「お友達からねぇ？　ほんとに？」

「ほんとだよ。嘘なんて言わないよ。だ、だから、頼むから、返しておくれ」

「そんなにこれが大事？」

「………………」

「ふうん。でもねえ、あんたは曲がりなりにもこの瀬賀屋の人間なんですからね。こんな銘もない、けちくさい根付なんて持っていたら、うちが笑われてしまう。どこの誰にもらったんだか知らないけど、わきまえてもらわなきゃねぇ」

けたたましく笑うなり、おさえは根付を思い切り床に叩きつけた。

ぱきっと、嫌な音がした。

薄い氷が割れるような音に、清次郎は総毛立った。慌てて駆け寄ってみれば、根付の、鯛の尾びれが小さく欠けていた。猫の頭にも、うっすらとひびが入ってしまっている。

「お、お、あ、おおおおおおっ！」

清次郎の喉から、言葉にならない咆哮《ほうこう》があふれた。

それからあとのことは覚えていない。

気づけば、一人、河原に立っていた。弥助と釣りをした場所だ。水面をのぞきこめば、顔はあざだらけで、髷は崩れ、着物もあちこち破れている。手の甲はすりむいて、うっすら血がにじんでいる。

ぼんやりとだが思い出してきた。ぎょっとするおさえに飛びかかったこと。阻もうとする宋衛門や八兵衛、その他の奉公人を次々と殴りつけたこと。狂ったように商品の蠟燭をぶちまけたこと。謝れ謝れと、おさえの髷をつかんで、床に押しつけたこと。

何もかも夢の中の出来事のようだが、たぶん、本当のことなのだろう。でも、どうでもいい。もう瀬賀屋には帰れないが、それよりも根付を壊されたことのほうがつらかった。手を開くと、あの根付があった。ひびの入った猫を見ると、涙が止まらなくなった。

「ごめん。ごめんよう、漁火丸さん」

ぐすぐすと泣いていた時だ。

「もし。ごめんなさいよ」

優しい声をかけられた。

振り返れば、男がいた。妙に人懐こい笑顔を浮かべた、行商人のような男だ。

「あたしは十郎という者でござんすよ。そちらは瀬賀屋の若旦那とお見受けします。その根付、あたしが修繕してさしあげましょう」

「で、できるんですか?」

「もともと、その根付はあたしが取り扱っていたものでございますからね。修繕のほうもお手の物というわけでして。まま、ともかく見せてくださいまし」

流れるような言葉に、清次郎は素直に根付を渡していた。

一目見るなり、男は太鼓判を押した。

「大丈夫。これならきれいに直せますよ」

「ほ、ほんとに?」

「はいはい。二日ほど預からせていただきますがね。なに、直ったら、きちんとお届けにまいります。その間に、旦那は身の振り方を考えておいたほうがようござんしょ」

「……身の振り方」

「そう。せっかく瀬賀屋から逃げられたんです。これからはもっと自由に生きなくては。

なあに、人間、やる気さえあれば、なんとでもなりますよ……漁火丸も、きっとそう言うことでしょうよ」

はっとする清次郎に、男はにっこりした。

「旦那のような方に巡り合えて、この根付も幸せでござんす。こういう縁は末永く続かなくてはね。そのためにも、旦那には元気で楽しく、長生きしてもらいたいんですよ」

「……そう、ですね」

そうだ。漁火丸のためにも、これからはもっとしっかりしなくては。幸い、自分はまだ若いし、体も丈夫だ。これからなんとでもなる。なにより、友がそばにいてくれるのだ。これでへこんでいたら男がすたる。

別人のような晴れ晴れとした顔をして、清次郎はうなずいてみせた。

瀬賀屋の婿が店を半壊させ、姿をくらました。

そのことはすぐに町内に知れ渡った。

あの苛酷な扱いでは無理もない。むしろ、婿のほうこそ、今までよく耐えたものだ。それにしても、あのおとなしくよくできた婿をついに怒らせるとは。瀬賀屋一家は大馬鹿者よ。

瀬賀屋は周囲の笑い物となり、客足は遠のいた。焦った瀬賀屋は、店を立てなおそうと、新たな婿をとろうとした。

が、方々に手を回しても、相手にしてくれる者はいなかった。

あそこに入ったら、婿はいびり倒され、しまいには正気を失ってしまう。

悪評は遠くまで轟いてしまっていた。

なすすべもなく店はさびれていき、それから二年足らずでつぶれてしまったのである。

半妖みおと姥猫《うばねこ》

美鈴は、黒紋町一帯を束ねる姥猫だ。力はたいしたことはないが、それでも縄張りの猫達からは一目置かれているし、色々と相談事もされる。ことに、子猫に関することはなんでも引き受けた。

姥猫は、子猫を守る性《さが》を持つ。子猫が途方に暮れていれば、親を探してやったり、餌を運んでやったり。赤子の猫には乳も飲ませるし、時には相性の良さそうな人間のもとに連れていってやることもある。

そんな美鈴が、打ち捨てられたあばら家の中で、生まれて間もない子猫四匹を見つけたのは、神無月《かんなづき》も間もなく終わるという寒い夜だった。

子猫達の目は開いておらず、耳もつまめないほど小さく、毛はぽやぽやとしていた。それでも母猫がいないのはわかるのだろう。ひとかたまりになりながら、「みゃう、みゃう」と、それぞれが親を呼んでいた。その声がなんとも哀れに冬の夜空に響いていく。

だが、その声こそが子猫達を救った。見回りに出ていた美鈴を呼び寄せたのだから。

とりあえず自分の体で温めてやり、乳を飲ませてやりながら、これはまずいなと美鈴は思った。

美鈴のひげが告げていた。じきに雪が降ると。

あばら家の壁は穴だらけで、それは屋根も同じだ。これでは寒さも雪もしのげない。第一、このあたりは野良犬も多いのだ。もし、ここを嗅ぎつけられたら、ひとたまりもない。

かわいそうにと、美鈴は乳を吸う子猫達を見た。きっと、この子達を産んだのはまだ若い猫なのだ。色々とものを知らず、それでも必死で育てているのだろう。だが、ここではだめだ。ただでさえ、最近は物騒なのだ。

子猫がいなくなる。

江戸のあちこちに散らばる仲間が、顔を合わせれば、そう言うようになっていた。

子猫が姿を消すのは珍しいことではない。うっかり親からはぐれてしまったが最後、か弱い子猫が自力で生き残るのは難しいのだ。優しい人間に拾われれば恩の字。ほとんどは烏《からす》や鳶《とび》にさらわれたり、野良犬に嚙み殺されたりしてしまう。

だが、それにしても頻繁すぎる。まるで姿の見えぬ蛇に飲みこまれていくかのように、次々と子猫が消えているというのだ。

だからこそ、美鈴は警戒していた。自分の縄張りの中では、一匹たりとも見失わない。その気概をこめて見回りを多くしていたのだ。

美鈴は乳を吸う子猫達をなめてやった。この子達の母親が戻ってきたら、もっといい住処まで案内してやろう。猫好きのご隠居が住んでいる屋敷の縁の下がいい。あそこなら暖かいし、安全だ。毎日餌ももらえるだろう。もしかしたら、ご隠居が子猫達の貰い手も見つけてくれるかもしれない。

そんなことを考えながら、美鈴は母猫の帰りを待った。

だが、待てども待てども、母猫は戻ってこなかった。

美鈴のひげが嫌な具合に揺れた。勘が告げていた。もう母猫は帰らないと。残念なことに、姥猫としてのこの勘は外れたためしがないのだ。

「……餌を取りに行って、何かに巻きこまれてしまったのかねぇ」

重い息をつきながら、美鈴は子猫達をながめた。たっぷり乳を飲んだせいか、四匹ともぽこんと膨れた腹をして、満足しきった様子で寝息を立てている。

なんとかわいい。なんと愛おしい。

情があふれてくるのを止められなかった。守ってやらなくては。とりあえず、自分のねぐらにこの子らを移そう。乳離れができるまではそこに置いて、それからご隠居の屋敷にでも連れていくとしよう。

猫の姿では一度に運べないので、美鈴はいったん子猫達から離れ、化け猫へと変化しにかかった。後ろ足二本で歩けるようになれば、前足が自由に使える。

ただ、美鈴は変化が苦手で、他の化け猫のように、ぱっと姿を変えられない。そして、うんうんと体に力を入れる美鈴の傍らで、それまでおとなしかった子猫達が鳴きだしてしまった。美鈴の温もりを求めて、「みゃうみゃう」と、甲高く鳴きわめく。

「これさ。すぐに戻るから、静かにしといておくれよ」

子猫の声で気が焦り、ますます変化がうまくいかない。ようやく少し後ろ足で立てるようになった時だ。

美鈴ははっとした。足音が聞こえたのだ。

ばっと壁の穴から外をうかがえば、明かりが見えた。恐らく提灯《ちょうちん》の明かりだ。こちらに近づいてくる。それに伴い、人の匂いも漂ってきた。

「子猫か。どこで鳴いておるのだろう?」

気がかりそうなつぶやきを聞いて、美鈴は自然と体が動いていた。子猫達をその場に残し、さっと梁《はり》へと飛び上がったのだ。

やがてあばら家の戸を開けて、一人の男が中に入ってきた。男が子猫達の前にかがみこむのを、美鈴は梁の上からじっと見守った。

八歳になる娘、みおは、半妖だ。母は人間だが、父は化けいたちの宗鉄《そうてつ》で、みお自身はそのことを知らず、生粋《きっすい》の人間と思いこんだまま育った。母が亡くなり、父が妖怪だとわかった時は一悶着《ひともんちゃく》あったのだが、それももう落ち着いた。今は妖怪の暮らしに少しずつなじんできている。

宗鉄は妖怪医者なので、時には往診にみおを連れていくこともある。父を手伝い、薬だ針だと手渡すのは、みおにとって誇らしい役目だ。

だが、いつも一緒というわけにはいかない。難しい患者を診る時は、みおは自宅に残される。

その夜もそうだった。

宗鉄は、山姥《やまんば》のお産に呼び出されてしまったのだ。お産の手伝いはまだ早いと、みおは同行を許してもらえなかった。

「恐らく朝まで帰れないだろう。しっかり戸締りをして、私の帰りを待っておいで」

「……やっぱり一緒に行ってはだめなの？」

「だめだよ。お産となると、山姥は気が高ぶって、猛り狂うからねえ。暴れて振り回される腕や足に触れでもしてごらん。みおなんか、一撃でつぶれてしまう」

「父様は？　大丈夫なの？」

「私は平気だよ。慣れているからね。いざとなれば、身もかわせるし。だが、みおにはまだ無理だ。だから、いい子で留守番していておくれ」

「……わかった。あ、ねえ、父様。どうせなら、弥助にいのところに行っててもいい？」

「弥助さんのところへ？」

「ねえ、いいでしょ？」

「うーん。まあ、一人で家にいるよりは安心かねえ。よし。それなら私が送っていこう」

「大丈夫。あたし一人で行けるもの」

「いやいや、そうはいかない。それに弥助さんには、ちょっと言っておきたいことがあるからね」

なにやら目を吊り上げる宗鉄だったが、この時、山姥の使いが来てしまった。

迎えに来たのは、身の丈が六尺はあろうかという白い大猿達だった。水色の水干《すいかん》をまとい、かしこまってはいるが、異様な迫力がある。

「宗鉄様をお迎えにあがりました」

「そろそろ御方様が極まってまいられて。お駕籠《かご》をお持ちいたしましたので、お急ぎを」

「あ、ちょっ、ま、待っておくれ」
「待てませぬ。御方様がお待ちでございます」
「さあ、さあ」
宗鉄は、白い猿達がかつぐ駕籠に押しこめられ、ほとんどさらわれるようにして連れ去られてしまった。「みおぉぉぉぉ！」という叫びが、みるみる遠ざかる。

くすくす笑いながら、みおも外に出た。すでに夜も更けており、あたりは当然真っ暗だ。が、暗いのは平気だ。妖怪の血のせいか、夜目もよく利くので、夜道を歩くのは難しくない。

みおは走りだした。自分の中の妖怪の血を認めてからというもの、できることが少しずつ増えてきた。こうして、闇夜を飛ぶように走れるようになったことも、そのうちの一つだ。

弥助にもうすぐ会える。そう思うと、いっそう足に力が入った。

自分が妖怪の子であることを知り、宗鉄との間がぎくしゃくとした時、みおは子預かり屋の弥助のところに預けられた。そこで弥助にかわいがられ、また他の子妖とも触れあうことで、少しずつ妖怪というものを受け入れられたのだ。

ことに弥助は、優しい兄のように、混乱しているみおを見守ってくれた。だから、大好きだ。いつかはお嫁さんになりたいなと、ほんのりと胸をときめかせてもいる。

ただし、この願いは一筋縄ではいかないともわかっていた。

なにしろ、弥助には千弥が張りついている。一方、みおはみおで、娘を溺愛する宗鉄がいる。この親馬鹿達をなんとかしない限り、どうにもならない。

頭を悩ませながら走っていた時だ。突然、強烈な痛みが右足を貫いた。

「いっ!」

痛みのあまり、悲鳴も出ない。よろよろと、倒れるようにうずくまってしまった。

見れば、右足の甲から太い黒いものが突き出ていた。五寸釘だ。太い曲がった五寸釘を踏みぬいてしまったのだ。

だらだらと汗をかきながら、みおはそれでも釘を引き抜きにかかった。ちょっと力を入れるだけで、棍棒で叩かれるような痛みが骨に響く。自分の血の臭いにむせて、今にも泡をふいてしまいそうだ。

なんとか釘を引き抜いたものの、その時にはみおは息も絶え絶えとなっていた。運の悪いことに、ちょうどこのあたりは、自宅と弥助のいる太鼓《たいこ》長屋との中間あたりだ。行くも帰るも悩ましい。が、やはり弥助のもとに行ったほうがいいだろう。今夜は家に宗鉄はいないのだから。

手ぬぐいで足を縛り、みおは太鼓長屋に向かって歩きだした。一歩進むたびに、ずきんと、ひどい痛みが走った。傷口を縛っている手ぬぐいに、じわじわ血が広がっていくのを見て、気分が悪くなってくる。

またしてもうずくまった時だ。ふいに足音が後ろから近づいてきた。

みおはぎくっとした。誰か来る。提灯の光がぐんぐん近づいてくるのも見える。

慌てて道をそれ、そばに生えているすすきの陰に隠れようとした。だが、怪我のせいで間に合わなかった。次の瞬間には、丸い提灯の光が、みおを照らし出していた。

「なんと！　子供か？」

驚いた声をあげたのは、着流し姿の三十がらみの侍《さむらい》だった。かろうじて垢《あか》じみてはいないが、くたくたにくたびれた着物を着て、月代《さかやき》も伸びているところを見ると、恐らく浪人だろう。腰には刀を一本だけ下げている。

顔はいかつい。雷様のように目も鼻もぐりぐりし、極太の眉毛が恐ろしげだ。が、同時に、どことなく滑稽《こっけい》な顔つきでもある。

そんな奇妙な顔の持ち主は、みおの足を見るなり、眉毛をはねあげた。

「これはいかん。怪我をしておるではないか」

「あ、あの……」

「どこの子だ？　大丈夫か？」

「えっと……」

「うむ。しかたない。とりあえず、俺の住まいに運ぶぞ。傷の手当てをしてから、家に送ってやるから」

矢継ぎ早にまくしたてるなり、男はみおを抱き上げ、小走りし始めた。

みおは驚いた。男の腕は樫《かし》の古木のように堅く、恐ろしいほど力強かったのだ。これはもがいても逃げられない。観念し、しばらく身を預けることにした。

それほど心配はしていなかった。男から嫌な気配はまったくしなかったし、いざとなったら父の宗鉄が必ず探しに来てくれると、わかっていたからだ。

ほどなく、男の住まいらしき長屋にたどり着いた。中は簡素なものだった。奥に屏風《びょうぶ》があり、その横に丸めて置かれた寝具があるだけで、簞笥《たんす》一つない。鍋が一つと、欠けた茶碗、それにとっくりが、畳の上にじかに置かれている。

土間にみおをおろすと、男は手早くそばの水甕《みずがめ》から水を汲み、みおの傷口を洗いだした。大きな穴が開いている自分の足に、みおは今更ながらに蒼白になった。そんな気持ちをほぐそうとしたのか、男はとにかくよくしゃべった。

「俺は、脇坂《わきさか》左門《もん》というのだ。見てのとおりの浪人だ」

「これでも剣の腕は立つのだぞ。一刀流の免許皆伝《めんきょかいでん》だ」

「以前は、あちこちで内職をしていたのだが、近頃は商家の用心棒を請け負ってもいる」

「今夜は、大店《おおだな》の主《あるじ》の護衛をまかされてな。主の商談が長引いたせいで、こちらの帰りも遅くなった。で、帰り道でおまえを見つけたというわけだ」

「しかし、なんでまたあんなところにいたのだ？　こんな夜に一人で外にいては物騒極まりないぞ」

みおは、友達の家で遊んでいたのだと答えた。

「うっかり暗くなるのを忘れてて」

「それはいかんな。飯は？」

「友達の家で食べさせてもらったから。そのあと、自分で帰ろうと思ったの。よく知ってる道だから。そしたら、釘を踏んじゃって……」

「そうか。災難だったな。うん。これでよし。こういう傷はな、よく洗わなくちゃならん。悪いものが入ると、傷が腐ってしまうこともあるからな」

「壊疽《えそ》っていうのでしょ？」

「ほう、よく知ってるな」

「父様が教えてくれたの。父様はお医者様だから」

「そうか。それはすごいな」

そのあと、左門は傷に軟膏《なんこう》を塗り、真新しい手ぬぐいでしっかりと縛ってくれた。その頃には、みおはすっかり左門に打ち解けていた。顔は怖いが、左門には人を惹きつけるものがあった。なにより武骨な優しさが目や言葉からにじみでている。

みおの顔を見て、左門はほっとしたように笑った。

「よしよし。少し顔色がよくなってきたぞ。これならもう大丈夫だな」

「ありがとうございました」

「いや、当たり前のことをしたまでだ。それにしても、近頃はよく拾い物をするものだなぁ」

「拾い物?」

みおが首をかしげた時だ。小さな声が奥のほうから聞こえた。

「お。目を覚ましたか」

「何かいるの?」

「ああ。あの屛風の向こうをのぞいてみるといい」

にやにやしながら、左門は言った。

みおは怪我した右足をかばいながら、小さな屛風へと歩いていき、そっとその向こうをのぞいた。とたん、歓声をあげてしまった。

「子猫！」

屏風の向こうには、子猫が四匹もいた。それぞれ毛色が違う。白っぽい灰色に、茶白、黒、そして虎。いずれもまだ鼠《ねずみ》くらいの大きさで、籠の中にひとかたまりになって、もぞもぞとしている。

「かわいい！　ちっちゃい！」

「昨夜拾ってな。そうだろう？　かわいいやつらだろう？」

でれっとした顔で言う左門。

みおは我慢できず、そっと茶白の子猫を抱き上げた。温かい。ふわふわの毛がなんとも柔らかい。まだ目も開かぬ小さな生き物に、みおは夢中になってしまった。

「この子、名前は？」

「まだつけてない。というより、俺はつける気はないのだ。もう少し大きくなったら、貰い手を探すつもりだ」

「左門さんは飼わないの？」

「そうしたいが、俺が飼い主ではあまりにこやつらが不憫でな。なにしろ、俺はこのとおり、自分の飯にも事欠く浪人者だから」

自嘲《じちょう》的に笑う左門。その声にも少し苦々しさが混じる。どうやら浪人暮らしに満足しているわけではないらしい。察したみおは、話題を変えた。

「お乳は？　どうしてるの？」

「うむ。それが妙なのだ」

左門はまじめな顔になった。

「この子らをここに連れてきて、一昼夜経ったが、いっこうに腹を空かせる気配がないのだ。いやな、俺も重湯など飲ませようとしたんだが、何をやっても飲んでくれなくてな。これは助かるまいと思っていたんだが……ほれ、このとおり、まるまる太っているだろう？　下《しも》のほうもきれいにしてあるし」

「どういうこと？」

目をぱちぱちさせるみおに、左門は楽しい秘密を打ち明けるかのように声をひそめた。

「どうもな、いるようなのだ」

「いるって？」

「母猫だ。どこかに隠れて、俺が出かけている間に、こっそり子猫どもの面倒を見てるらしい。頭のいいやつだ」

おかげで手間なしだと、左門は笑った。

「俺は家主として、子猫どもを置いて、ただ愛でているだけでいいのだからな。こんなに割りのいいことはない。……こんな子猫でもな、いてくれると嬉しいものだ。帰ってくるのが楽しみになる」

みおはうなずいた。こんなにかわいい子猫達が家にいてくれたら、自分だったら一歩も外に出ない。ちょっとだってそばを離れないだろう。

「左門さん、いいなぁ。子猫達がいて、いいなぁ」

「いいだろう？」

えへんと、左門が威張ってみせた時だ。どかどかっと、慌ただしい物音がして、戸口ががんがんと叩かれた。

「左門の旦那！　旦那、いやすかい？」

「与平《よへい》さんか。どうした？」

「ちょいと来てくれ！　定吉《さだきち》の野郎がまた酔っぱらって！　暴れて、手がつけられねえんだ！」

「わかった。すぐ行く。みお、ここにいるのだぞ。あとで俺が家まで送ってやるから」

刀は持たず、心張棒《しんばりぼう》だけ手にして、左門は外へ出ていった。

一人残されたみおは、とろけそうな目で子猫達を見つめた。見ていて少しもあきない。

ずっとこうしていられたらいいのに。

「父様、子猫を飼っていいって、言ってくれないかな？　頼んでみようかな？」

思わずつぶやいた時だ。みゃおっと、少ししゃがれた猫の声が上から降ってきた。

はっとして天井を見上げれば、黄緑色の目が二つ、光っていた。

驚くみおの前に、一匹のぶち猫がひらりと飛び降りてきた。みおが今までに見た中でも一、二を争う大きな猫だ。肉もたっぷりとしていて、見るからに福々しい。

目をまっすぐに向けながら、猫は口を開いた。

「おまえさん、半妖だね？」

確かにそう言った。一瞬呆けたものの、みおはすぐに我に返った。

「……化け猫、さん？」

「姥猫の美鈴っていうんだ。よろしくね」

さばさばと言う美鈴と、籠で寝ている子猫達とを、みおは見比べた。

「美鈴さんが、この子達の母様なの？」

「違う。あたしはこの子らを見つけただけさ。どうも母猫がいないようでね。で、あたしのねぐらに運ぼうとしたところで、ここの浪人さんが通りかかったんだ。浪人さんはいいお人のようだったし、あたしは姿を見られたくなかったから、この子らを置いて、とりあえず姿を隠したんだ」

美鈴の思ったとおり、左門は子猫達を見捨てなかった。

「でも、なんでもかんでも浪人さんに頼るのも悪いと思ってね。とりあえず、ここに通って、乳をやることにしたんだよ」

「母様じゃないのに、お乳が出るの？」

「姥猫はそうなのさ。腹を空かせた子猫がいれば、いつだって乳が張ってくるんだよ」

優しく言うと、美鈴は子猫達の籠に入り、横たわった。すぐにその乳に子猫達がむしゃぶりつく。

子猫達をなめてやりながら、美鈴は問うた。

「おまえさんはどこの子？　まだ名前を聞いてなかったね？」

「あたしはみお。化けいたちの宗鉄が父様よ」

「ああ、宗鉄先生かい。名前だけは知ってるよ。そうかい。あんた、先生の子だったのかい。そういや、半妖の子がいるって、噂で聞いた気がする」

子猫達をながめながら、みおと美鈴はとりとめもない話をした。ほっこりとした温かいひと時だった。

が、ぴくんと、美鈴の耳が動いた。

「どうやら浪人さんが戻ってくるようだ」

「……ほんとだ」

みおも耳をすまし、うなずいた。左門の足音が近づいてくる。

美鈴はさっと籠から出て、柱を駆けあがって梁に飛び乗った。

「それじゃ、あたしはもう行くよ。みおちゃん、よかったらさ、この子達のことを少し気にかけておくれでないかい？」

「もちろんよ。約束する」

「ありがと。それならあたしも心強いよ」

美鈴は姿を消した。それとほぼ同時に、左門が戻ってきた。少しばかり息が乱れている。

「お帰りなさい」

「ああ、待たせてすまんな。今回ばかりは少々手こずって。いや、同じ長屋仲間に定吉という大工がいるんだが、これが酒癖が悪くてな。馬鹿力で暴れ回るから、俺でないと取り押さえられんのだ」

「だ、大丈夫だったの？」

「むろんだ。くたびれはしたがな。さて、そろそろ送ってやろう。家はどこだ？」

「……父様、今夜は家にいないの。だから……太鼓長屋って知ってる、左門さん？」

「ああ、ここから十町ほど先にあるところだな？」

「そこに、従兄《いとこ》のにいやがいるの」

「そうか。そこに送ればよいということだな」

まかせておけと、左門はその大きな背中にみおを乗せた。

太鼓長屋に向かう道中、みおはそっと尋ねた。

「また左門さんのところに遊びにいってもいい？　子猫達を見にいってもいい？」

「おお、いいとも。日中、俺がいない時など、子猫らを見ていてくれるとありがたい。いつも戸口は開けておくから、好きに出入りしてくれ」

「泥棒に入られない？」

「盗まれて困る物などないからな。あ、子猫を盗まれるのは勘弁だが」

「ふふふ」

「はははは っ！」

笑い合いながら、二人は太鼓長屋に到着した。

見知らぬ浪人に背負われたみおを見て、弥助はむろん驚いた。だが、事情を聞くと、「みおがお世話になりました」と、左門にきちんと礼を言い、みおを引き取った。

左門が帰ったあと、弥助はあきれ顔でみおを見た。

「いきなり人を連れてくるから、驚いたじゃないか。妖怪達が居合わせなくてよかったよ。大騒ぎになってたところだ」

「ごめんなさい。でも、送ってもらう先がここしか思いつかなくて」

「まあ、いいけど。それより足は？　大丈夫なのかい？」

「痛いけど、左門さんが手当てしてくれたから大丈夫」

するど、仏頂面の千弥が渋い声で言った。

「弥助。そこの戸棚に河童《かっぱ》からもらった膏薬《こうやく》があっただろう？　それを塗っておやり。あれならすぐに傷口がふさがるだろうからね」

「………」

「なんだい、黙りこくって？」

「いや。珍しく他の子に優しいなって思って」

「そうでもしないと、さっさと帰ってもらえないだろう？　ただでさえ、うちには居候《いそうろう》がいて、迷惑してるんだからね」

つんけんした千弥に、みおは目をしばたたかせた。

「居候？」

「わらわのことじゃ」

上を見て、みおは目を見張った。真っ白な子猫が梁の上に座り、こちらを見下ろしていたのだ。今日はよくよく猫と縁があるとみえる。

それにしても、なんときれいな猫だろう。雪のような毛並みにも、蜜《みつ》のような金の瞳にも、どことなく謎めいた佇まいにも、匂い立つように品がある。

「わらわは白蜜じゃ」

「白蜜さん。……きれい」

「ふふふ。そなたもかわゆいぞえ、みお。宗鉄が方々で娘自慢をしておるのも、これで合点がいった」

「お言葉だがね、この世で一番かわいいのは弥助だよ」

「おぬしはそういうことを言うからだめなのじゃ、千弥。弥助もそろそろよい年頃。かわいいと呼ばれて、あまり嬉しくはなかろうに」

やんわりとたしなめられたとたん、千弥は悲痛な形相で弥助のほうを振り返った。

「そ、そうなのかい、弥助？　いやなのかい、かわいいと言われるのは！」

「え、あ、いや、ま、まあ、千にいにならいいかな」

「そうかい。よかったよ。かわいいを禁句にされたら、私としてはつらいからねえ。……こら、白蜜。うちの弥助のことで勝手なことを抜かすんじゃないよ」

「やれやれ。男の親馬鹿は手がつけられぬとは真じゃなぁ」

「お黙り！」

白蜜が加わったことで、弥助のところはますますにぎやかになったようだ。くすくすと笑うみおに、弥助は軟膏を塗ってくれた。千弥が言ったとおり、みるみる傷がふさがっていく。さすがは世に名だたる河童の軟膏だと、その効き目に弥助もみおも驚いた。

「これならもう平気だろう」

「ほんと。全然痛くなくなった。よかった。これなら明日からでも左門さんとこに行けるもの」

「あの浪人さんとこに、また行くのかい？」

「うん。子猫がいるから」

みおは、四匹の子猫と姥猫の美鈴のことを話した。

「それでね、子猫達のことを頼むって、美鈴さんからも左門さんからも頼まれちゃったの」

「そうか。じゃ、みおは猫の子守りってわけだ。がんばりなよ」

弥助は笑いながらみおの頭を撫でてくれた。

それからというもの、みおは二日と間を空けず、左門と子猫達のもとへと通った。左門はたいてい留守だったが、みおは勝手にあがらせてもらい、美鈴と共に子猫達を見守った。

美鈴の乳のおかげか、子猫達は日に日に大きくなってきた。目が開くと、俄然、動きまわるようになり、それこそ目が離せなくなる。乳以外のものもほしがるようになったので、みおは煮干しなどを持参するようになった。

ある日、みおが長屋を訪ねると、珍しく左門が部屋にいた。みおが作ってやった猫じゃらしで、子猫達と戯れている。

「左門さん！」

「おお、みおか。また来てくれたのだな」

「うん。左門さん、今日はお仕事は？」

「ん？　用心棒はしばらくいらんそうだ。明日からまた職探しかな」

嫌なことでもあったのか、左門の顔つきは少し暗かった。元気を出してもらいたくて、みおは持ってきた小鍋をかかげてみせた。

「今日はね、お芋の煮ころがしを持ってきたの」

「ありがたくいただくが、そんなに気をつかわんでもいいんだぞ？」

「ううん。だって、左門さんは恩人だもの」

ここに通うようになった時から、みおは左門への手土産を欠かしたことがない。野菜の煮物や魚の干物、山栗や柿。そうしたものは全て、宗鉄が持たせてくれた。手ぶらで恩人のもとへは行かせられないと言うのだ。

みおのおかげで膳《ぜん》が豪華になったと、左門は笑ってくれた。

「それにしても、ずいぶん大きくなったものだなぁ」

虎太郎《こたろう》と、みおが名づけた虎猫を抱き上げながら、左門はしみじみとした調子で言った。

「目が開いたとたん、急に猫らしくなりおって。この頃はやたら俺に絡んでくるのだぞ、みお。朝起きると、四匹とも、俺の体にぶらさがっているようなものだ。不思議なものだなあ。つい先日まで、鼠ほどの大きさであったのに。……みおは見たか？　この子らの母猫を？」

「うん。大きなぶちの猫よ」

美鈴のことを思い浮かべながら、みおは答えた。

「ちゃんとお乳をあげて、体もきれいになめてあげてた」

「そうかぁ。みおは見たのかぁ。俺にも姿を見せてくれればよいものを」

「きっと大人が怖いのよ。あたしはまだ子供だから、平気なんだと思う」

「うーむ。怖いと言われると、反論できん。俺はこの御面相だしなぁ」

のんびりとそんなことを語らいながら、みおと左門はしばらく子猫達と遊んだ。子猫達はいくらでも遊びたいようで、みお達が少しでも仕掛けると、すぐに飛びかかってくる。かと思えば、狭い長屋の中を走り回り、大変なはしゃぎっぷりだ。

「こ、これはたまらん。底なしの元気だ」

「ほ、ほんとに」

みおも左門も、しまいにはへとへとになってしまった。

「よし。みお。一息入れよう。甘酒でも買ってくる」

留守を頼むと言って、左門はぶらりと出ていった。残ったみおに、ここぞとばかりに子猫達はまとわりついた。

「いたた！　ちょっと。けっこう痛いんだから、爪を引っこめて！　あ、虎太郎！　土間に下りちゃだめよ！」

てんてこ舞いになりながら、必死で子猫の相手をしていた時だ。

ごめんくださいと、戸を引いて、女がすうっと入ってきた。

頭巾《ずきん》をかぶった女だった。鼻先と口元しか見えないが、身につけているものはかなり上等だ。口には紅をさし、苦労や水仕事とは縁のなさそうなきれいな白い手をしている。恐らく、どこかの大店のおかみなのだろう。

みおを見ると、女の口元が笑みを作った。

「どうも。こちらで子猫の引き取り手を探しているというので、伺ったのですけれど」

「あ、あの……」

「ああ、そちらが子猫達ですか」

ずいっと、女が上がってきた。目元は見えないが、そのまなざしは子猫達にしっかと注がれている。

みおはどういうわけか背筋が寒くなった。子猫達をかき集めるようにして両腕に抱き、後ろへとあとずさる。だが、女はどんどん迫ってくる。紅をさした赤い唇の端を、般若《はんにゃ》のように吊り上げながら。

「いい……。とてもいいわ。四匹とも、全部違う柄で。本当にうってつけだこと」

ねっとりとつぶやいたあと、女は我に返ったかのように、みおのほうに顔を向けた。

「失礼。あんまりかわいかったものだから、つい……この子達、全部いただくわ。四匹とも全部。かわいがると約束するから」

手を伸ばしてくる女から、みおはさらに遠ざかった。

おかしい。何かが変だ。この女は、怖い……。

自分の直感をみおは信じた。戸口のほうを見たが、まだ左門が戻る様子はない。時を稼ごうと、みおはあえて笑いかけた。

「ごめんなさい。これ、あたしの猫じゃないの。ここのうちの人に、ちょっとだけ見ててって、頼まれてるだけだから。おばさんに勝手に渡しちゃったら、あたしが叱られちゃう」

「あらそうなの？　でも、ほら、これで叱られないんじゃない？」

女は一分銀を出してきた。

「猫のお代よ。半分はおじょうちゃんのにしていいから。これで十分ではなくて？」

子猫四匹に一分銀。十分どころか、異様な高値だ。みおはますます怖くなった。

「ご、ごめんなさい。あたし、ほんとわからなくて……。また来てください。あ、明日なら、ここの人もいるはずだから」

「……だめよ」

女の声ががらりと変わった。猫なで声が一変し、氷のつぶてのように鋭くなる。

「だめよ。今すぐ必要なんだから。渡しなさい」

「い、いや」

「渡せって言ってるのよ！」

きれいな白い指をかぎ爪のように曲げて、女はみおに襲いかかってきた。

「今すぐほしいのよ！　この猫達がいれば、あの人があたしのところに帰ってくるんだから！　あの性悪女なんかきっぱり忘れて、あたしのところへ！　邪魔するんじゃない」

みおは悲鳴をあげることもできなかった。子猫をつかもうとする手を払いのけるので精一杯だ。

「だめぇぇ！」

銀子《ぎんこ》と名づけた灰色の子がつかみあげられ、みおは初めて悲鳴をあげた。

「ふぎゃあああっ！」

ものすごい雄叫びが、みおの叫びに重なった。

次の瞬間、どこからともなく現れた美鈴が女の頭に飛びついた。

「いや、あああああっ！」

激しく暴れる女の頭を抱えこむようにし、美鈴はしっかりと爪を女の頬や鼻に食いこませる。そうしながら、美鈴はみおを見た。

お逃げ！

そのまなざしに、みおは子猫達を抱いたまま、夢中で外に飛び出した。騒ぎを聞きつけ、すでに物見高い長屋のおかみさん達が集まっていた。

「ど、どうしたんだい？」

「た、助けて！」

「ちょいと。しっかり。誰か！　左門の旦那を呼んできとくれ！」

「美鈴さんが！　やられちゃう！」

半狂乱のみおを、一人が自分の住まいに入れてくれた。

「そこに隠れといで。なに、誰が来たって、入れやしないからね」

そう言うと、そのおかみさんは袖をまくりあげ、泥のついた大根を握って、外に飛び出していった。

それから長い間、大声と悲鳴と物が壊れるような音が続いた。みおは子猫達を抱きしめ、ひたすら震えていた。怖くて、外をうかがうこともできない。もしかしたら、少しの間、気を失っていたのかもしれない。

肩をゆさぶられ、みおははっと顔をあげた。

左門がいた。顔にはひどいひっかき傷があり、口元も少し切れている。

「左門さん……」

「みお。無事だったか」

「う、うわあ、左門さん！」

抱きつき、泣きだすみおの懐《ふところ》から、次々と子猫達が這い出てきた。左門は泣き笑いのような表情になった。

「子猫らも無事か」

「う、うん。へ、へ、変な女の人が……子猫がほしいって……でも、なんか怖くて」

「わかっている。もう大丈夫だ」

「こ、こ、断ったら、飛びかかってきて……よこせって。子猫が必要だって」

「ああ、俺にもそう言っていた。だが、もう捕まえて、番屋に引き渡した。少し落ち着くのだ、みお」

「あたし、もう怖くて……そうしたら、美鈴さんが……あっ！」

みおはやっと我に返った。

「美鈴さんは？　ぶ、ぶちの猫はいなかった？」

「………」

左門の顔が大きく歪《ゆが》んだのを見て、みおの胸は早鐘のように鳴りだした。

ああ、いやだ。いやだいやだ。

「みお、よせ」

止める左門を振り払い、みおは左門の部屋へと駆け戻った。

部屋の中はひどいありさまだった。床と言わず壁と言わず、何かがぶち当たったかのような穴やひびができている。

そして、砕けた茶碗のかけらの上に、白と黒のまだらの塊が転がっていた。

つぶれた美鈴の頭を見て、みおは泣いた。泣いて泣いて、吐くほど泣いて。

みおを追いかけてきた子猫達も、美鈴の死がわかったのだろう。美鈴のそばにうずくまり、動こうとしない。

泣きじゃくるみおの肩に、左門がそっと手を置いた。

「葬ってやろう、みお。な？　この母猫をきちんと弔《とむら》ってやろうな」

「う、うん」

左門は美鈴の亡骸《なきがら》を河川敷《かせんじき》に埋めた。みおは、花のかわりに、ありったけのすすきの穂を墓に供えた。

弔いを終えたあと、物悲しい気持ちでみおと左門は向き合った。二人の間には子猫達がいた。なぜか、左門がここまで連れてきたのだ。

これからどうしたらいいのだろうと、途方に暮れているみおに、左門が思いがけないことを言った。

「すまん、みお。子猫達を……全部引き取ってはくれまいか？」

「え？」

「おまえのところで飼ってもらえればありがたいが、それが無理なら、誰か貰い手を探してほしい。俺は……もう手を引きたい」

「左門さん……どうして？」

「……あの女だ」

嫌なものを吐き出すように、左門は言った。その目はみおを見ていなかった。

「取り押さえる時、あの女、半ば狂っておった。訳もわからぬ、胸の悪くなるようなことをしきりにわめきちらしていた。それが……俺の中から消えてくれん」

もう子猫を見ることはできない。左門はしぼりだすように言った。

「みお、俺のところにもう来るな。頼むから、来てくれるな。……見せたくないのだ」

「何を？」

「俺をだ」

さらばだと、左門はみおに背を向け、まるで逃げるように足早に去っていった。みおと子猫達だけが、その場に残されたのだ。

その日の夕暮れ。水汲みに外に出た弥助は、仰天するはめになった。泣きはらした目をしたみおが、四匹の子猫を抱えてこちらに歩いてくるのを見たからだ。

急いで中に入れてやり、話を聞いた。

「……わかんないなぁ。あの浪人さん、いい人そうに見えたけど。そんなふうに子猫をほっぽり出すなんて。しかも、そんな騒ぎのあったあとで……」

「う、ううう……」

「みお……」

弥助は慰めようとしたが、うまく言葉が見つからなかった。みおは自分を責めている。もっと何かできなかったか。美鈴を死なせずにすんだのではないか。そういう苦しい気持ちが、弥助にもじかに伝わってくる。

「その……美鈴さんが死んだのはおまえのせいじゃないんだ。悲しくてひどいことだけど、おまえが泣いてたら、美鈴さんだって悲しむよ」

「で、でもね……あ、あたしが、もっと何かできてれば……」

「いや、そのようなことはない」

そう言ったのは、黙って話を聞いていた白蜜だった。

金の目に静かな落ち着きを宿しながら、白蜜は言った。

「美鈴は子猫を守り抜いたのじゃ。姥猫としてこれほどの本望はあるまいよ。そして、そなたもまた子猫らを守った。そなたがいなければ、この子らはただではすまなかったであろう」

「……そう思う？」

「思うとも。美鈴は、そなたを信じて、この子らを託したのじゃ。めそめそしていては、弥助の言うとおり、美鈴が悲しむであろう。しゃんとおし、みお」

「う、うん」

美鈴と同じ化け猫である白蜜の言葉は、みおの心の痛みを少しだけ和らげてくれた。

涙をぬぐうみおに、弥助はおずおずと尋ねた。

「それで、これからどうすんだい？」

「うん……うちで預かりたいけど……父様は猫はどうしてもいやだって」

「猫嫌いなのかい、宗鉄先生？」

「なんか苦手みたい。何度も頼んでるんだけど、うんと言ってくれないの。……弥助にいお願いがあるんだけど」

「みなまで言わなくていいよ……」

ため息をつきながら、弥助はうなずいた。

「これもなんかの縁だしな。俺んとこで、飼い主が見つかるまで預かるよ。もう乳離れはすんでるんだよな？」

「うん」

「なら、世話もそう難しくなさそうだ。あ、ねえ、千にい。そういうことになりそうなんだけど、いいかい？」

「しかたないね。まあ、かまわないよ」

「あれ、いいの？」

「ああ。この子らはただの猫だ。私はしゃべらない猫なら平気なんだよ」

しゃべる猫は生意気でいけないよと、千弥は皮肉たっぷりに付け足した。

だが、その時には、白蜜の姿は消えていたのだ。


脇坂左門は明かりもつけずに部屋の中に座っていた。

部屋は、女が暴れたあとのままだ。散らばった茶碗のかけらを拾い集めることすら、今の左門には億劫《おっくう》だった。自分の胸から、じわじわと黒いものが染みだしてくるのがわかる。

耳にこだまするのは、あの女のすさまじいわめき声だ。

「離せ！　邪魔しないで！　猫がいるのよ！……一緒に願かけしようじゃないの。四匹いれば、できるんだから。幸せになりましょう。ねえ、いいでしょ？　やろうじゃないの！　ねえねえねえ！」

愚かしくて、忌まわしい言葉。なのに、頭から離れない。消えてくれない。

くそっと、唸った時だ。ひんやりとした気配を感じて、左門は顔をあげた。

目の前に、一匹の猫が座っていた。大人ではなく、かと言って、あの子猫達ほど小さくもない。金の双眸《そうぼう》は艶《なま》めかしく、新雪のような毛並みは暗がりでうっすらと光を放っている。

明らかに普通の猫ではない。だが、頭の奥が麻痺《まひ》しているかのように、左門は何も感じなかった。ただ乾いた笑いを浮かべた。

「今度は白猫か。本当に猫に縁があるようだ。……おまえは猫明神の御使いなのか?」

「さようなものではない。わらわが仕える相手は神でも仏でもなく、わらわ自身ゆえ」

当たり前のように返事をする白猫を、左門はこれまた当たり前のように受け入れた。

「なるほど。それで?　やんごとなき猫様が、このようなむさくるしい場所になぜおいでになったのだ?」

「なにゆえ、かわいがっていた子猫らを突き放したのか、そのわけを聞きたいと思うての。……子猫を襲った女に、そなた、何を吹きこまれたのじゃ?」

「……猫には嫌な話だぞ?」

「かまわぬ。聞かせておくれ」

金の目の光が強くなった。魂を吸い寄せるような妖しい光に抗えず、左門は包み隠さず打ち明けてしまった。話していて、汚泥《おでい》を吐いている気分になった。だが、白猫は微動だにせず、ただ静かに左門の話を聞いていた。

最後に左門はうなだれながら言った。

「恥ずかしい話だが、あの女の言葉を聞いて、胸がぐらついたのだ。……そんなことで本当に願いが叶うなら……試してみたいと」

「だから、万が一にもそうならぬよう、子猫達を手放したと。……では、みおは？　なぜ、二度と来るなと言うたのじゃ？」

「なんでも知っているのだな。……あの子はいい子だ。しかも、聡《さと》い。醜い俺の本性に、いずれは気づいてしまう。そう思うと怖くて……俺の変わりように、あの子はきっと傷ついただろうな。悪いことをした」

白猫はそれについては何も言わなかった。かわりに、まったく違うことを口にした。

「……叶えたい願いがあるのかえ？」

「長屋暮らしは嫌いではないが、やはりな。……怖いのだ。家族も、金もない。頼るものもなく、守るものもない今の暮らしが、時折骨が凍りつきそうなほど不安になる」

贅沢《ぜいたく》をしているわけではないのに、金がたまることはない。夜の静けさを分かち合う相手もいない。逃げ出せるものなら逃げたい。だが、その日暮らしの生きやすさに、ずるずると引きずられてしまう。

ここはまるで温かい泥地のようだ。一度はまりこんだら、抜け出せなくなる。あの女の狂気に満ちた言葉に心が揺れた時、そのことにおののいた。自分の中に、これほどの闇があるとは思ってもみなかったから。

全てを吐き出したあと、左門はうなだれた。じっとりと汗をかいている男に、白猫は労わるように優しく言った。

「よく話しておくれだ」

「…………」

「心配せずとも、おぬしは大丈夫じゃ。そのような忌まわしいことは決してせぬ」

「どうしてそう言い切れる？　人の心は弱い……」

「己を信じられぬなら、わらわを信じよ。わらわの言葉を信じよ」

白猫の声は蜜のごとく甘く、左門の苦悶をしっとりと和らげる。

生き返ったかのように息をつく男に、白猫はさらに言葉を続けた。

「人助けはわらわの得意とすることではない。が、我が眷族《けんぞく》が世話になった礼はせねばなるまい。……明日の昼、常夜橋《とこよばし》へ行ってみるといい」

「行って、そこに何があると？」

「ふふ。猫に親切をして損はないという話よ。運をつかめるとよいのぅ」

不思議な言葉を残し、白猫はふっと姿を消した。

狐につままれた思いで、左門は首を振った。あれほど胸にたまっていたどす黒いものはもはや消えていた。まるで、あの白猫がぬぐいとっていってくれたかのようだ。

「不思議なこともあるものだ。……常夜橋に何があるというのだ？」

翌日、左門は言われたとおり、常夜橋へと向かった。


それから数月後、瓦版売りの威勢のいい声が、江戸の町に響き渡った。

さあて、大変《てえへん》だ、大変《てえへん》だ！

老舗《しにせ》の紙問屋、吉野屋《よしのや》の主とその娘が物見遊山に出かけたところ、常夜橋で島帰りのよたんぼうに出くわした。年頃の娘と老いた父親の二人組。こりゃいい鴨《かも》になると、よたんぼう、娘を置いてけの、金も置いてけの、言いたい放題。必死でかばう父親も、あっという間に殴りつけられ、あわや娘に毒牙《どくが》が迫る。

と、そこへ颯爽《さつそう》と現れたるは、長屋暮らしの貧乏浪人。閻魔《えんま》もかくやという御面相だが、高潔至極なお人とくりゃあ、親子の危機を見過ごせねえ。電光石火の早業で、えいやっと、無頼を川に投げこんだ。

そのあっぱれな腕前に、娘はむろん一目惚れ。貧乏浪人は、晴れて吉野屋の婿様だ。

さあ、詳しい事の顚末《てんまつ》はここに書いてある。買って読んでおくんなさいよぉ。

猫じゃらし

梅妖怪の子、梅吉《うめきち》は退屈していた。身の丈一寸半ほどの小さな体には、元気と遊び心があふれんばかりに詰まっている。里にいては、このうずうずとしたものは発散できない。遊びに出かけようと、梅吉は決めた。

幸い、おばあは、何千本という梅の木に冬の子守唄を歌って聞かせるのに忙しい。いつもみたいに梅吉を見張っていられないから、抜け出すのも簡単だ。

まんまと里の外に出た梅吉は、まず子預かり屋の弥助のもとに行くことにした。

弥助のことを梅吉は気に入っていた。人間だけれど、けっこう骨があって、おもしろいやつだ。遊びにいくと、ちょっとしたものを作って食べさせてくれるが、それがまたおいしい。

「そうだ。津弓《つゆみ》がまた屋敷に閉じこめられてるらしいから、弥助と一緒に助け出しにいってやろう。で、三人で遊べば、もっと楽しいじゃないか」

我ながらいいことを思いついたと、青梅そっくりの顔をにこにこさせながら、梅吉は太《たい》鼓《こ》長屋にやってきた。

ところがだ。長屋に弥助はいなかった。きれいだがおっかない千弥の姿もない。かわりに、見たことのない白い化け猫がいた。

梅吉と化け猫はしばらく目をぱちぱちとしあった。

「あんた誰?」

「わらわは白蜜じゃ」

姫君のような口調で、化け猫は名乗った。

「弥助と千弥から留守を預かっておる。そなたは梅の里の梅吉じゃな」

「そうだよ。へへ。おいらも名が売れてきたみたいだね」

「うむ。悪たれ二つ星の悪行の数々は、わらわの耳にも届いておる。そなたらがしでかすいたずらの話には、毎度楽しませてもらっておるよ」

梅吉は首をすくめた。

悪たれ二つ星。梅吉と、梅吉の友である津弓につけられたあだ名だ。二人でいると、どういうわけか、やることなすことがいたずらになり、騒ぎになり、しまいには怒られるはめになる。

「……言っとくけど、この前の栗のおじじのことは、おいらのせいじゃないからね。津弓が、焼き栗が食べたいなんて言いだすから、いけなかったんだ。それに、まさか集めた栗の中に、おじじが交じってるなんて、普通思わないだろ？」

「ふふ。栗の翁《おきな》はかんかんだったそうじゃの。昼寝をしていて、危うく焼き殺されてはかなわぬもの」

「かんかんだったのは、おいらのおばあも同じだよ。この青い尻が真っ赤になるほどぶたれたんだぜ？　津弓は津弓で、月夜公《つくよのぎみ》にいまだに許してもらえてないし」

ああっと、梅吉はため息をついた。

「弥助がいてくれたらなぁ。一緒に月夜公のお屋敷に忍びこんで、津弓を助けてやれたのに」

「弥助はいやがるのではないかえ？」

「ん。まあね。あいつ、月夜公が苦手だから」

「まあ、あの男が恐ろしくないという豪胆《ごうたん》なものは、そう多くはあるまいのぅ」

「……ほんと言うと、おいらも苦手だよ。ところでさ、弥助と千弥さんはどこ行っちまったの？　すぐ帰ってくる？」

「さての。長くかかるかもしれぬ。なにしろ、子猫の貰い手が見つかるかどうかの瀬戸際じゃからの」

「子猫？」

白蜜は手短に、弥助が四匹の子猫を預かったこと、顔の広い大家の辰衛門《たつえもん》に貰い手を探してもらい、三人ほど猫をほしがる者が見つかったこと、今夜その三人が辰衛門の家に集まるので子猫達を見せにいったことを告げた。

「へええ。おいらがちょっとばかり顔を見せなかった間に、そんなことになってたのかぁ。……弥助が子猫を見せにいくのはわかるけど、なんで千弥さんまで？」

「弥助の護衛だそうじゃ。かわいい弥助が夜道で悪漢に襲われるかもしれぬと、やたら心配して、ついていったのじゃ」

「あ、そう」

ありありとその姿が目に浮かび、梅吉は苦笑した。

「だけど、おいらもついてないよなぁ。子猫、おいらも見たかったのに。弥助はいないし、これじゃ津弓とも会えそうにないし。ちぇ、なんだいなんだい。今夜はほんと、つまんないや」

「退屈しておるのかえ？　じつは、わらわもなのじゃ。何か悪さをしでかすつもりなら、付き合ってやってもよいぞえ」

そそのかすような白蜜の言葉に、梅吉は真顔になった。

「ほんと？　それじゃ一緒に月夜公の屋敷に忍びこんでくれるかい？」

「よいとも。津弓を連れ出そうというのじゃな」

「……言っとくけど、見つかったら、月夜公にめちゃくちゃ怒られるからね？　おいらは漬物壺行き、白蜜は皮をはがれて三味線《しゃみせん》にされちまうかもしれないよ？」

「見つからなければよいのであろう？　ふふふ。おもしろい。月夜公をあたふたさせられるなど、めったにない機会じゃ」

意外と豪胆なんだなと、梅吉は感心した。

「それじゃ、行こうか？　あ、背中に乗っけてってくれない？」

「わらわにまたがると言うのかえ？」

「いいじゃないか。そのほうが早く屋敷につけそうだし」

「やれやれ。特別じゃぞえ」

白蜜の背中に乗って、梅吉は早くもご機嫌となった。

「ふっかふかで気持ちいい！」

「これ、そのように動くでない。背筋がぞわぞわするではないかえ」

「へへ、ごめん。だって、あんまり気持ちいいもんだから」

「はてさて。子妖を背に乗せるなど、生まれて初めてじゃ」

なにやらぼやきながら、白蜜は一足踏みだした。その足が踏んだところから、さっと闇が広がった。

梅吉は絶句した。もはやそこは貧乏長屋の中ではなかった。梅吉達は、寒椿《かんつばき》が咲き誇る美しい庭の中におり、目の前には見覚えのある大きな屋敷がある。

まばたきをする間もなく、空を飛んだのだと、ようやく梅吉は理解した。それをやってのけたのが、誰であるかも……。

「白蜜って、けっこう力があるのかい？」

「なに、闇渡りの術が得意なだけじゃ。あとの術はからきしじゃ」

すまし顔で白蜜は言った。

「さ、ともかくまいろう。まだ屋敷の主《あるじ》には気づかれてはおらぬ。津弓を連れ出すなら、今のうちじゃ」

「うん。その渡り廊下をまっすぐ行っておくれ。で、つきあたりを右に行って、四つ目が津弓の部屋だ」

「ほう。さすがによく知っておるのぅ」

笑いながら、白蜜はしなやかに屋敷にあがった。そのまま一気に廊下を走り、津弓の部屋へと駆けつけると、爪の先をふすまの間に差しこみ、さっとふすまを開いた。

中には、水干《すいかん》姿の、ぽっちゃりとした子妖がいた。見た目は人間の子によく似ているが、頭からは二本の角、尻からは白い尾がのぞいている。

妖怪奉行、月夜公が溺愛してやまぬ甥《おい》、津弓だ。

周囲にたくさんのおもちゃを散らかし、つまらなそうな顔をしていた津弓だが、梅吉達を見るなり、こぼれんばかりに目を見開いた。

「え、梅吉？　え、え、猫……？」

「よう、津弓。元気だった？」

迎えに来てやったぞと、梅吉は白蜜の背でふんぞり返りながら言った。

「また忍びこんだの？　叔父上に内緒で？」

「そうだよ。今回は相棒も一緒だったから、すっごく楽だった」

「相棒って、そのきれいな子猫？」

「白蜜っていうんだ。弥助んとこに世話になってるんだって」

きゅっと、津弓の眉間にしわが寄った。

「梅吉！　また一人で弥助のところへ行ったの？　抜け駆けはずるい！」

「んなこと言ったって、しょうがないだろ？　こうして助けに来てやったんだから、機嫌直せよ」

「んんん」

ぷくっと頬をふくらませながらも、津弓は黙った。そのやりとりに、白蜜は笑った。

「弥助はたいそうな人気ぶりじゃな」

「あ、白蜜ってしゃべれるの？」

「こう見えても、化け猫じゃからの」

「そうなの。……なんでかな。津弓、白蜜の声を聞いたことがある気がする。ずっとずっと昔に」

「そうかもしれぬな。わらわは神出鬼没ゆえ、どこぞでそなたに声を聞かれているやもしれぬ」

目を細めて言う白蜜の首の毛を、梅吉が焦ったように引っ張った。

「おい。無駄話してる場合じゃないよ。とっととここを出なきゃ」

「これこれ、毛を引っ張るでない。ま、そういうわけじゃ。津弓、外で遊びたくば、一緒においで」

「行く行く！」

勢いよく立ちあがった津弓だが、開けっぱなしのふすまを見て、思い出したように言った。

「どうやって開けたの？　叔父上が術をかけていったはずだけど」

「そうなのかい？　別に問題なく開いたけど。なあ、白蜜？」

「うむ。そなたの叔父がかけたのは、中からは開けられず、外からは簡単に開く術であったに違いない」

「そっか」

「おっと。そういう話もあとあと。今は急ごうよ」

こうして梅吉と白蜜は、津弓を連れて、まんまと月夜公の屋敷を抜け出したのだ。

白蜜の術で安全な場所まで逃げたあと、子妖達は小さな輪となって顔を突き合わせた。

「それで、これからどうするのじゃ？」

「せっかくだから、何かして遊ぼうよ」

「もちろん、そのつもりさ。……じつは、前からやってみたい遊びがあるんだよね」

「何？　それは何？」

わくわくしたように目を輝かせる津弓に、梅吉はにっと笑った。

「人間をおどかすのさ」

「人間を？」

「そう。おいら、これまで人間をおどかしたことって、ないんだよね。河童《かっぱ》の三兄弟なんか、今日は河原で悪がきを川に引っ張りこんで、うんと泣かしてやったとか、悪徳の十手持ちが橋を渡った時にふんどしを盗んでやったとか、色々自慢話をしてくるんだ。それがちょっとうらやましくてさ」

「……それ、わかる」

ごくっと、津弓がつばを飲んだ。

「そういうこと、つ、津弓も、ちょっとやってみたい」

「だろ? やってみたいだろ? じゃ、あとは白蜜だな。どうする? 一緒にやるかい?」

「ふふ。人間をおどかすか。男子《おのこ》というものは突拍子もないことを思いつくものよ。よい。その企みに加わろうではないか」

「決まりだね。それじゃ、さっそくやろう」

「しかし、相手は? 誰でもよいというわけではあるまい?」

白蜜の問いに、もちろんだと、梅吉はうなずいた。

「仕掛ける相手は、おどかしてやるにふさわしいやつじゃなきゃ。とびきり意地が悪いやつとか、人に迷惑をかけてるやつ。そういうやつが、腰を抜かしてびっくりする姿は、めちゃくちゃおもしろいと思うんだ」

「梅吉、そういう嫌な人間に心当たりあるの?」

「うっ……そ、それがじつはないんだ」

梅吉はすがるようなまなざしを白蜜に向けた。

「なんじゃ。わらわに頼る気かえ?」

「弥助んとこに世話になってるんだろ? 噂話とか聞いてないかい? どこそこに、こんな因業じじいがいるとか、鬼婆《おにばば》みたいな女がいるとかさ?」

「ふむ」

白蜜は少し考えこんだ。

「……そう言えば、長屋の井戸のまわりで、女房達が声高に噂しておったの。米問屋『穂《ほ》高屋《だかや》』の若おかみが病みついて里帰りしたと。病の原因は、大おかみによる嫁いびりらしいぞえ」

大おかみは、ともかく息子の嫁が憎かったらしい。かわいい息子には釣りあわぬ相手だと、嫁入り前から不満を言っていたという。

実際に嫁が穂高屋にやってくると、執拗《しつよう》に苛《いじ》め抜いた。自分の身の回りのことを全てやらせ、少しでも気に入らないことがあると、愛用の煙管《きせる》で嫁の柔らかい手や足首を打つ。

行儀の悪い嫁を躾《しつ》けているだけだと、朝から晩まで罵声を浴びせ続ける。

このままでは死んでしまうと、若おかみの実家の者が穂高屋から娘を連れ出した時には、元はふくよかだった若おかみは骨と皮ばかりの姿になっていたという。心も少し壊れかけており、今も言葉を話せないままだとか。

話を聞き、梅吉も津弓も顔を歪《ゆが》めた。

「ひでぇ」

「かわいそうなお嫁さん……。若旦那はお嫁さんを守ってあげなかったの？　かばってあげなかったの？」

「そんな甲斐性《かいしょう》があれば、嫁が病んだりするかえ？　ぼんくら若旦那は見て見ぬふりしていたそうじゃ。まあ、物心ついた頃から母親の支配下に置かれていたとすれば、母親に逆らうことなど、思いつくはずもなかろうが」

どうじゃと、白蜜は梅吉と津弓を見た。

「この鬼のような大おかみなら、いたずらを仕掛ける相手にもってこいなのではないかえ？」

「そうだね。許せないや。目いっぱい怖がらせてやらなきゃ」

「津弓も！　絶対やっつけてやるもん！」

鼻息も荒く子妖達は言った。

「では、どうする？　これから穂高屋に乗りこんで、大おかみの喉笛でも嚙み裂いてやるのかえ？」

「………」

「なんじゃ？」

「……白蜜って、怖いこと考えるねえ」

ぞっとしたように梅吉が言えば、津弓も青ざめた顔で必死にかぶりを振った。

「だめだめ。そんなの、だめだよ。それじゃ、いたずらじゃすまなくなるもの。それに、誰かを痛めつけるなんて、津弓、やりたくない。もっとこう、うわああってするいたずらがいいよ」

「そうそう。こっぴどくこらしめる感じでさ」

「やれやれ。では、方法はそなたらにまかせるゆえ、何か考えておくれ」

「まかせて」

「ああ。うんといいの、考えてみせるからさ」

その言葉通り、すぐに梅吉がにんまりと笑った。

「何か思いついたんだね、梅吉？」

「うん。相手は糞婆《くそばば》だろ？　だからさ、たっぷり糞をお見舞いしてやるってのはどう？」

「糞？」

「そ。大おかみの簞笥《たんす》や化粧箱の中に、馬糞をたっぷり詰めてやるのさ。もちろん、煙管の中にもね」

「それ、いいねぇ」

津弓もにんまりした。

「ついでに、若旦那のほうもやっちゃおうよ。若旦那が寝ている布団の中に、馬糞を入れてやるの」

「そりゃいいや。弱虫若旦那、きっと、自分が糞をもらしたのかって、震えあがるな」

盛りあがる子妖達に、白蜜は感心して言った。

「たいしたものじゃ。そのようなこと、わらわには逆立ちしても思いつかぬ。さすがは悪たれ二つ星じゃ」

「へへ。それじゃ、行こうぜ。白蜜は案内を頼むよ。あ、その前に、どこかで馬糞を集めなくちゃ」

穂高屋に向かう前に、子妖達は手近な村に立ち寄り、納屋から馬糞をかき集めた。集めた馬糞は大きな風呂敷に包んで、津弓が持った。これについては一悶着《ひともんちゃく》あったが、梅吉はもちろん白蜜も風呂敷包みなど持てないので、運び手は津弓しかいないということになった。

片手に馬糞包みを提げ、もう一方の手で鼻をつまみながら、津弓は文句たらたらだった。

「う〜。臭《くさ》いよぉ。体に臭《にお》いが染みついちゃうよぉ」

「うるさいぞ、津弓。人間に気づかれたらどうすんだよ?」

「それはそうと、津弓、もう少し後ろを歩いておくれ。臭いがきついわえ」

「白蜜までそんなこと言うなんて! ひどい! ひどい!」

「だから、声が大きいって!」

なんやかんやと騒ぎながら、一行は穂高屋に到着した。そこそこ大きな店構えで、看板も立派なものだ。

すでに穂高屋は寝静まっており、また白蜜が術を使ったおかげで、難なく家屋へと侵入できた。そのまま屋根裏に上がり、梁《はり》伝いに大おかみの部屋へとたどり着いた。

見下ろせば、大おかみが布団の中で寝ていた。見た目は福々しく、とても嫁いびりをするような女には見えない。

だが、白蜜はいやそうに鼻を鳴らした。

「ふん。これはまた、嫌な女の悪臭がぷんぷんするわえ」

「じゃ、嫁いびりの噂は間違いなさそう？」

「ああ。間違いなかろうよ。この女からは卑しい臭いがする。……まあ、わらわのものにするほどではないがの」

「何？　なんて言ったの、白蜜？」

「ただの独り言じゃ。それより、この部屋に馬糞をばらまくのであれば、何か術でもかけて、あの女の眠りを深くさせたほうがよいのではないかえ？」

「あ、それ、津弓ができるよ」

はりきった様子で、津弓は両手を合わせ、力と気を集中させた。

と、周囲の空気が甘く、ねっとりと重たいものへと変わった。大おかみの寝息も、いっそう深いものとなる。

「へえ、便利な術を覚えたなぁ」

「えへ。叔父上に頼んで教えていただいたの。いつかいたずらに使えるんじゃないかなって思ってね」

あまり長くはもたないけど、と津弓は付け足した。

「それじゃ、急いでやっちまおう」

子妖達は下の部屋へと飛び降りた。だが、白蜜は梁の上に残った。

「白蜜？　どうしたんだよ」

「早くおいでよ。馬糞、仕掛けるの、手伝ってよ」

「断る」

白蜜は梅吉達を見下ろしながら、きっぱりと言った。

「そなたらの思いつきはおもしろいが、馬糞に触れるのはまっぴらじゃ。こうして忍びこむのを手伝ったのじゃ。わらわの役目は終わり。あとはそなたらの役目よ」

「ええ、そんなの、ずるくない？」

「なんと言われようと、わらわはやらぬよ」

「ほっときなよ、津弓。時間がないんだから。おいらが煙管にやるから、おまえはそこの簞笥にやっとくれ」

「うん。布団の中にも入れていい？」

「いいぞ。じゃんじゃん、やってやれ。手当たり次第、馬糞を仕込んでやれ」

悪たれ二つ星は忙しく動きだした。煙管、簞笥、布団、こたつ、化粧箱。あらゆるところに、馬糞を押しこんでいく。梅吉にいたっては、なんと、大おかみの鼻の穴にまで馬糞を詰めこみだした。

そんな二人の姿を、白蜜は楽しく見守っていた。

「帰りは梅吉を乗せるわけにはいかぬのぅ。あの手で毛をつかまれては、かなわぬ」

そんなことをつぶやいた時だ。首筋に冷気を感じ、白蜜の目がすうっと細まった。

何かが近づいてきていた。

せっせといたずらの細工にいそしんでいた梅吉と津弓も、それに気づいた。二人はぴたっと動きを止め、互いの顔を見た。

「梅吉……」

「うん。なんか、変な感じがするよな」

「……梅吉。これ、やだ。嫌な感じだよ」

「おいらもそう思う。……もう帰ろう。ここから出よう」

津弓がうなずきかけた時だ。

ふいに、部屋の中が血腥《ちなまぐさ》くなった。まるで部屋そのものが血の池地獄にでも沈んだかのようだ。悪臭と、禍々《まがまが》しい気配に、子妖達は息ができなくなった。身動きもとれない。

と、床の畳にじわっと血が染みだした。またたく間にどす黒い血だまりが出来上がる。

そこから、ゆっくりと何かが浮き上がってきた。

「うっ!」

「ひゃっ!」

子妖達は小さな悲鳴をあげた。

出てきたのは、米俵ほどもある猫の頭だった。頭だけで首から下はない。切り落とされているのだ。その傷口からはぼたぼたと腐った血がしたたっている。さらに、猫の両目には太い釘が打ちこまれていた。そこから流れる血は、まるで赤い涙のように猫の顔を汚している。身の毛もよだつような恐ろしい姿だ。

恨みと痛みの唸りをあげながら、猫は何かを探すように匂いを嗅いだ。と、すぐにごろごろっと床を転がりだした。

向かった先は、穂高屋の大おかみだ。まだ眠っている大おかみの腹の上に乗ると、猫首はしゃあっと、顔が真っ二つになるほど大きく口を開いた。開いた口からは、のこぎりのような牙が無数にのぞいている。

猫首は大おかみを殺すつもりだ。

ここに来て、ようやく子妖達は我に返った。

最初に動いたのは津弓だった。がくがく震えながらも、小さな火の玉を猫首に向けて放ったのだ。蛍火のような淡い色の粒が、猫首の耳をかすめた。

わずらわしげに、猫首がこちらを向いたところで、今度は梅吉が動いた。馬糞を一つ、えいやっと、猫首へと投げつけたのだ。こちらは見事、猫首の口の中に入った。

「うみゃあああああっ！」

家屋が震えるような絶叫を猫首が放った。怒り、憎しみ、戸惑い、痛み。あらゆる負の感情が詰まった叫びは、刃のように鋭かった。

「ひえええええっ！」

「うきゃあああ！　きゃあああ！」

子妖達は泣きだした。恐怖にふたたび体を縛られてしまったのだ。

邪魔者を先に片づけようと決めたのか、猫首が梅吉達に向かって転がってきた。なのに、二人は身動き一つとれない。

「いやあ、やあああ！」

「来んなよぉ！　やだよぉ！」

半狂乱になる子妖達と迫る猫首の間に、ひらりと、白蜜が舞い降りた。きゃしゃな白猫は、金の目を燃え立たせ、ただ一言、「去《い》ね」と、猫首に命じた。

次の瞬間、まるで言葉に弾かれたかのように、猫首が後ろに吹っ飛んだ。そのままごろごろと床を転がり、出てきた血だまりの中にぽちゃんと落ちる。と、まるで池の水が抜けるように、血だまりが小さくなりだした。

まばたきを二回繰り返すほどの間に、血だまりは消えた。悪臭も邪《よこしま》な気配もきれいに去り、夜の静けさが戻ってくる。

かすかなため息をついたあと、白蜜は梅吉達を振り返った。

「無事じゃな？」

「えぐ、ふええ……」

「これこれ、しゃっきりせよ」

「だ、だって、こ、こ、怖かった」

「うう、うっ、ふっ……」

勝気な梅吉まで、こらえきれず嗚咽《おえつ》をあげている。だが、白蜜は少し厳しく言った。

「わらわはこれより猫首を追う。そなたらは各々お帰り。津弓の術も間もなく消えよう。その前に、早くここを去るのじゃ」

「そ、そんな……白蜜だけで追いかけるなんて、あ、危ないよ！」

「平気じゃ。おぬしらを連れていくほうが足手まといになる。とにかく早う、ここを去れ。よいな」

それだけ言うと、白蜜はさっと姿を消してしまった。

残された梅吉と津弓は顔を見合わせた。涙と鼻水で汚れた相手の顔を見ても、今回ばかりは笑い一つこぼれなかった。

「ど、どうする、梅吉?」

「……帰る、しかないだろ? 白蜜は行っちまったわけだし」

「……津弓、屋敷にはまだ戻れない。こ、こんな顔で帰ったら、すぐに叔父上に気づかれる。何があったって、聞かれてしまう」

勝手に屋敷を抜け出して、またこんな怖い目にあったと知れたら、月夜公のことだ、今度こそ津弓を完全に屋敷の中に閉じこめるだろう。

「……おいらも。おばあに知れたら、尻に百叩きを食らうよ。……弥助のとこ、行こうよ。あそこでしばらく気を落ち着けて、それから帰ろう」

「うん」

立ちあがったところで、梅吉は世にも情けない声をあげた。

「ちびっちまった……」

「津弓も……」

股の間に手を当てて、悪たれ二つ星はこそこそと穂高屋を抜け出した。

白蜜は走っていた。猫首の血の臭いが、夜闇の中にくっきりと残っている。追うのはたやすいことだった。

やがてたどり着いたのは、人気のない木立の中だった。中央には、人の背丈ほどの高さまで石が積み上げられており、横には黒々とした墨で「猫塚」と書かれた木札が打ちこんである。

木立に降り立った白蜜は、顔をしかめた。そこには血に血を重ねたような粘っこい悪臭が立ちこめていたのだ。塚のまわりの土も、どす黒く変色している。

「……何匹の猫が……ここで殺されたのか」

腐った血と恨みと泥の臭い。猫首が放っていたのと同じものだ。なのに、猫首の気配がない。かわりに、新鮮な血の臭いが別の方角から漂ってきた。

それをたどったところ、あおむけに倒れている若い男に行きついた。町人風で、身なりも悪くはない。だが、大きなあぎとに肉を食いちぎられたかのように、肩がざっくりとえぐれていた。猫首にやられたのは一目瞭然だった。

呪《じゅ》は、しくじれば、送り主のもとへと跳ね返る。この男が先ほどの猫首の送り主だと、白蜜は冷めた目で見極めた。

当然のことながら、男は虫の息だった。だが、ここで死なれては何も聞き出せない。白蜜は近づき、男に息を吹きかけた。とたん、男のあえぎが少し収まった。どくどくとあふれていた血も、ぴたりと止まる。

焦点の定まらぬ目をしている男に、白蜜は問うた。

「答えよ。なにゆえ呪法を使った？　なにゆえ、このようなおぞましきものを作り、操ろうとしたのじゃ？」

「ふ、復讐した、かった……穂高屋、の、やつら、に」

ごろごろと、喉を血泡で詰まらせながら、男は答えた。

「あ、たしの、妹に、ひどいことを、したから」

「……穂高屋の若おかみか。そなた、若おかみの兄かえ？」

そうだと、男はうなずいた。目に悔し涙がわき上がる。

「妹の、し、幸せを願って、輿入《こしい》れ、させたんだ。なの、に、あいつら、い、妹を……憎かった。妹の心を、あんなふうに壊したや、やつら、を、殺したくて」

「それで、呪を使ったと。昔の陰陽師《おんみようじ》ならいざ知らず、そなたのような若者が、よくもまあ、あのような凶悪なものを作り出せたものよ」

「つ、作り方を教えて、もらった。う、らみを、晴らすための、方法だと」

「誰からじゃ？　その話、誰に聞いたのじゃ？」

「みんな、知ってる……江戸中で、広まってる。ほ、ほんとだった。手本通り、に、やったら、あ、あいつが出てきた」

にたっと笑う男に、白蜜の目が冷たくきらめいた。

「そのために、貴様、何匹の猫を殺したのだえ？　手本通りに、何匹殺したのだえ？」

男はそれには答えなかった。ごろごろと、さっきにも増して喉が不気味に鳴りだしていた。時が尽きようとしているのだ。

自分でもわかったのだろう。男は必死の形相で白蜜を見た。

「教えて、くれ。死んだ、か？　穂高屋の、やつ、ら、死んだか？」

すっと、白蜜は男の耳元へ顔を近づけた。

「……教えてやろう。髪の毛一筋も傷ついてはおらぬ。大おかみも、若旦那もな。二人そろって、ぴんぴんしておる」

「…………」

絶望に目を染めて、男は息絶えていった。それを見届けた白蜜の目は、どこまでも凍てついていた。

「そなたの気持ちはわからぬでもない。復讐もおおいにすればよかった。じゃが、そのための手段として、そなたは猫を使った。自分より弱いものをねじふせ、傷つけた。許せぬよ。到底許せぬ。……のう、気づいておらぬのかえ？　そなたは、穂高屋の者どもと同じなのじゃ」

人間めと、一瞬だけ白蜜は苦々しげに牙をむき出した。

だが、すぐに牙をしまい、白蜜はゆっくりと猫塚へと戻った。血で穢《けが》された土の上にあえて立ち、そこに染みこみ、縛られている猫達の魂へと優しく呼びかける。

「去れ。ゆるやかに風に溶けてゆけ。そなたらを縛るものはもうないのじゃから。猫の王たるわらわの名において、そなたらを解き放つ。さあ、この穢れた場を今すぐ離れよ」

地の底から叫び声が答えてきた。人間の欲望と悪意に利用され、殺された猫達の、悲痛な叫び。自由になれず、もがき続ける彼らの声に、白蜜の顔がこわばった。

「縛《ばく》が消えぬ……。真の繰り手は、他におるということか」

長い間、白蜜は悔しげに塚を睨みつけていた。だが、ついにきびすを返し、その場を立ち去った。「そう待たせはせぬ」と、約束の言葉を残して……。

太鼓長屋に戻った白蜜は、目を見張った。家に帰ったはずの悪たれ二つ星がいたからだ。

二人は裸で、津弓は布団に、梅吉は手ぬぐいにくるまって、それぞれ茶をすすっていた。

土間では、弥助が洗濯盥《せんたくだらい》を抱えて、ごしごしとなにやら洗っている。

「なんじゃ。そなたら、家に帰らなかったのかえ?」

「あ、あんな目にあって、すぐに家に帰れるわけないよ」

「津弓の言うとおりだよ。それより、白蜜、大丈夫だったのかい？……猫首は？」

白蜜を心配する梅吉を遮《さえぎ》るように、千弥がずいっと前に出てきた。白いこめかみに青筋が浮き上がり、秀麗《しゅうれい》な顔立ちが鬼のような形相に変わっている。

「まったく面倒ばかり持ちこんで！　おまえの気まぐれのせいで、弥助はこいつらの着物を洗うはめになったんだからね。この落とし前、どうつけてくれるんだい？」

「着物？　ああ、さては漏らしたのじゃな？」

わあああっと、子妖達はそれぞれ突っ伏した。どちらも耳まで赤くなっている。

「やれやれ。しょうのない。じゃが、堪忍してやっておくれ、白嵐。かなり怖い目におうたのだから」

「そんなことはどうでもいい！　私が言っているのは、こいつらの面倒は最後まで見ろということだよ！　弥助のかわりに、おまえが着物を洗え！」

「やめなよ、千にい」

白蜜に詰め寄る千弥に、苦笑しながら弥助は言った。

「ああ、弥助。かわいそうに。こんな小便たれの悪がきどもの着物を、おまえが洗うことはないんだよ。どうしてもって言うなら、私がかわるって、言ってるじゃないか」

「平気だって。忘れた？　腹を下した水虎《すいこ》の双子を預かったことだってあるじゃないか。

あれに比べりゃ、どうってことないよ」

「でも……」

「それにさ、俺だって、千にいにこんな汚れ仕事させたくないし。とてもじゃないけど、王蜜の君にもそんなことさせられないよ」

ぴくんと、縮こまっていた悪たれ二つ星が顔をあげた。

「王蜜の……」

「君……？」

二人のまなざしを受け、白猫は苦笑した。

「これ、弥助。わらわはここにいる間は白蜜じゃぞえ」

「あ、ごめん。うっかりしてさ」

「弥助。こいつに謝ることなんかないよ。私のことを白嵐と呼び続けるくらいなんだからね」

「それこそ、ただの長年の癖じゃ。悪気はない。ああ、そう言えば、弥助。子猫らは？無事に引き取り手は見つかったのかえ？」

「うん。さすがは大家さんだよ。まったく、久蔵《きゅうぞう》の親父さんとは思えないしっかり者だ。三組とも優しそうな人達でね。そうそう。その中の一人は、ちょうど二匹ほしいって言ってくれて。おかげで、全部引き取ってもらえたんだよ」

「それは重畳《ちょうじょう》。今度みおにも知らせておやり」

「そういうことを言うなら、おまえが知らせておやり、性悪猫。おまえならひとっ飛びであの小娘のところに行けるんだから」

「千弥。わらわはともかく、なにゆえあの子まで嫌うのじゃ？」

「弥助にうるさく付きまとうやつは、みんな敵だよ」

「千にいったら、そういうことは言わないもんだよ」

三人の会話を、悪たれ二つ星はじっと聞いていた。その顔色が見る間に悪くなっていく。

「そ、そ、それじゃ、ほんとに、お、お、王蜜の君、なの？」

「お、お、おいら、王蜜の君の、せ、背中に乗っちまったの？」

ぶくぶくっと、梅吉は口から泡を吹いてひっくり返ってしまった。

一方、津弓は火がついたように泣きだした。

「うわあああん。こ、こんなの、こんなのって、ないよぉ！　白蜜が、お、お、王蜜の君だったなんて！」

「おい、津弓。ちょ、ちょっと、どうしたんだよ。落ち着けって」

「うわああ、どうしよどうしよ！　叔父上に知られたら、怒られちゃう！　王蜜の君に会ったら逃げろって、言われてたのにぃ！　もうだめ。おしまいだよ。また閉じこめられる。うわあああん！」

気絶した梅吉を介抱し、半狂乱の津弓をなだめすかすのに、弥助は朝までかかったのであった。

守り猫虎丸《とらまる》

師走《しわす》に入り、いよいよとばかりに冬が深まりだした。風は凍てつくように鋭く、毎日分厚く氷が張る。

その夜、雪がちらつきだしたのを確かめてから、弥助はぱたりと戸を閉めた。

「やっぱり雪が降りだしたよ。道理で寒いわけだね」

「ほら、弥助。火鉢にもっと近づきなさい。こら、性悪猫。そこをおどき。そこは弥助の場所だよ」

「しかたないのう。では、弥助。わらわを膝の上に乗せておくれな」

「いいよ」

「弥助。そんな図々しい頼み、聞かなくたっていいんだよ」

「ううん。白蜜さんを膝に乗っけると、俺も温かいし。それに、白蜜さんの毛並みが気持ちいいからさ」

「ふふふ。お互い様というわけじゃな。ふふん、どうじゃ、千弥？　うらやましかろう？」

ぐぬぬぬと、千弥は歯を食いしばる。その姿に笑いながらも、弥助はふとつぶやいた。

「それにしても……ここんとこ、ずいぶん暇だなぁ。ちっとも妖怪達が来ないや」

「そりゃそうだろうよ」

千弥がうなずいた。

「梅吉達が、この性悪猫のことを広めたからね。これがいるとわかっていて、それでも子を預けに来るような度胸のある妖怪は、そうはいないだろう。現に、あのみおですら来ない。大方、宗鉄が必死になって娘を止めているのだろうよ」

「人を疫病《えきびょう》のように言わないでほしいものじゃ。失敬な」

「そうだね。疫病のほうがまだましというものだよ」

憎まれ口を叩きあったあと、千弥は心底うんざりしたように白蜜に言った。

「いつまでここに居座るつもりだい？　おまえにしちゃ、ずいぶん長居してると思うがね」

「そうじゃな。わらわとしても、そろそろ帰りたいのじゃ。……じゃが、まだできぬ」

白蜜の声音が変わったので、弥助はぎくりとした。千弥の顔からもすっと表情が引いた。

弥助の膝の上に丸くなり、火鉢の炭火を見つめながら、白蜜は静かに口を開いた。

「わらわはな、狩りをしておるのじゃ。じゃがな、この獲物はひどく手ごわくての。気配はすれど、姿をいっこうに見せぬ。捕えたかと思えば、とかげが尾を切るごとく、本体に手が届く前に逃げてしまう。……正体がもう少しでわかりそうなのじゃが、あと一歩、まだ足りぬ。じゃから、わらわはここから動けぬ。歯がゆい限りじゃ」

「白蜜さんくらい妖力があれば、そういうのは簡単にわかるんじゃないのかい？」

「そうでもない。弥助、わらわは確かに多大な力を持っておる。大妖と呼ばれるにふさわしい力を生まれ持っておる。なれど、その力は安易には使えぬ。ことに人界ではな。条件がそろわねば、わらわは小さな傷一つ、人間にはつけられぬのじゃ」

「……知らなかった。てっきり、なんでも思い通りかと思ってたよ」

「ふふふ。そう甘くはないということよ。じゃがな、わらわはこの縛りを心地よいとも思っておるのよ。まあ、考えてもみよ。なんでもほしいものがたやすく手に入っては、おもしろくあるまい？　第一、ありがたみも何もあったものではない。苦労して手に入れたものこそ、いっそう喜びと輝きが増すというものじゃ」

この獲物は必ず仕留める。口元に壮絶な笑みを浮かべながら白蜜は言った。

「最初、わらわが気づいた時、こやつの災いはまだごく小さなものであった。だが、みるみるうちに、それこそ野火が広がるように、力と勢いを増していった。……弥助。そなたとて聞いたことがあるのではないかえ？　猫塚、あるいは猫首のことを」

弥助は無言でうなずいた。最近、巷《ちまた》で流行《はや》り言葉のように出回っている薄気味の悪い噂だ。

猫塚というのを知ってるかい？　なんでも、塚の四方に、四匹の猫の首を埋めると、猫首ってぇ恐ろしい使役鬼を作れるそうだ。で、そいつに頼めば、憎い相手を殺してくれるんだってよ。あとさ、贄《にえ》にする四匹が色違いだったり、とびきり長寿のやつだったりすると、より強い猫首を作り出せるそうだ。おっかねえ話じゃねぇか。でもよ、ちょいとやってみてぇとも思うよなぁ。

耳をすませば、あちこちでそんな声が聞こえてくる。

「あの不気味な噂だね。どこのどいつが流行らせたんだか、まったく」

「そう。それなのじゃ、弥助。この噂、風の中から生まれたものではない。猫首は人によって作り上げられた。不平不満を持つ人間を猫殺しに駆りたて、その憎しみと猫達の命を糧に、猫首という魔を生まれさせた者。そやつがわらわの獲物よ」

「猫首の噂を、最初に流した人間ってこと？」

「そういうことじゃ」

ちなみにと、白蜜はちらりと弥助を見上げた。

「そなたも多少関わっておるのじゃぞ」

「俺が猫首と？」

「そうじゃ。みおから子猫を四匹預かったであろう？　そもそも、どうしてみおは子猫らをここへ連れてきた？」

「女が……子猫を奪おうとしたから」

はっとする弥助に、白蜜はうなずいた。

「そう。女は子猫らを使って、猫首を作ろうとしたのであろうよ。己の欲と願いを叶えるためにの。みおが懐いていた浪人も、その誘惑に心を動かされかけ、そんな己におののいて、子猫とみおを遠ざけた。……あの浪人は今一歩のところで踏みとどまったが、実際にことに及んだ人間がどれほどいることか」

気分が悪くなり、弥助は自分の胸を押さえた。

白蜜の言葉が本当なら、たくさんの猫首が生み出されたことになる。相当の数の猫達が殺されたことになる。それを、自分と同じ人間がやったということが、耐えられないほど恥ずかしく苦しかった。

そんな弥助に気づき、千弥が険しい顔になった。

「性悪猫。気持ち悪い話はいい加減よしておくれ。せっかく弥助にだんごをあげようと思ったのに、食べられなくなるじゃないか。弥助、大丈夫かい？　気分が悪いなら、薬湯でも作ろうか？」

「ううん。大丈夫だよ。ありがと、千にい。……白蜜さん。そういうことなら、なおさらこんなとこにいていいのかい？　下手人探しに駆けまわったほうがいいんじゃないの？」

その必要はないと、白蜜は答えた。

「すでに、あちこちに糸は張り巡らしておいた。次に何かがあれば、わらわには必ずわかる。獲物がかかるまで、蜘蛛《くも》は巣の中央に座って動かぬであろう？　わらわは今、その蜘蛛なのじゃ」

「それじゃ……必ずそいつを捕まえてくれるね？」

「むろんじゃ。猫達にしても、もう殺させぬ。一匹たりともな」

ここで、白蜜はそれまでの凄《すご》みをすいっと消した。

「それはそうと、あの兎《うさぎ》の女妖」

「玉雪《たまゆき》さんのこと？」

「そう。玉雪じゃ。ここにはちょくちょく顔を出すと聞いておったが、わらわはまだ二度しか会うておらぬな。少し話でもしようかと思っておったに」

「そう言えば、ここんとこ、玉雪さん来ないね。ねえ、千にい。また霊山にでも帰っているのかな？」

「そうじゃないだろうね。この性悪猫が居座っていて、居心地が悪いから来ないんだよ、きっと」

「またそのようなことを申して。失敬極まりないぞえ」

白蜜は憤慨した。

だが、千弥の言葉は存外当たっていたのである。


玉雪は、兎の女妖だ。

力はごくごく弱く、夜はふっくらとした小柄な女に化けられるが、昼間は否応なく白兎の姿となってしまう。女の姿でいられる夜は、できるだけ弥助のもとに通い、子預かり屋の手伝いをする。弥助とは浅からぬ縁があるため、そのそばにいるのがなによりの願いなのだ。

が、このところ、それが難しくなっていた。理由は、白蜜という名で弥助のもとにいる白い子猫だ。見た目は小さく愛らしいが、玉雪は一目でその正体を見破った。

元来、玉雪は臆病だ。臆病で弱く、それだけにまわりの気配に敏感だ。だから、すぐにわかった。わかってしまったのは逆に不運だったかもしれないと、玉雪は思う。正体に気づかなければ、それなりに仲良くやっていけただろうに。

だが、知ってしまってはもうだめだ。その存在から、その力から、目をそむけられない。しがない小妖には、それはあまりにも強烈だった。同じ屋根の下にいるだけで、息が苦しくなってしまう。近づこうものなら、びりびりと、肌が痛むほどだ。

必然的に、玉雪が弥助のところに向かう回数は減った。それが玉雪には死ぬほどつらかった。

もう六日も弥助の顔を見ていない。だめだ。やっぱり辛抱できない。会いにいこう。一目、元気でいるのを確かめてから、すぐに帰ればいい。それに、もしかしたら今夜は王蜜の君はいないかもしれないし。

そんな淡い期待を胸に抱き、玉雪は太鼓《たいこ》長屋に向かった。その途中の辻道で、ばったり顔見知りと出くわした。

辻では、道と道とが交差する。様々なものがぶつかり、重なり、それそのものに不思議な力が備わる。人界との行き来や近道として使う妖怪達も多いのだ。

その夜、玉雪が出くわしたのは、大蛙の青兵衛《あおべえ》。鮮やかな青緑色の体の上に、こざっぱりとした茶の半纏《はんてん》をまとい、赤と黒のねじり帯をきゅっと締めたこの蛙は、華蛇族《かだぞく》の屋敷に仕える小者《こもの》だ。

青兵衛も、すぐに玉雪に気づき、頭を下げてきた。

「こりゃ、弥助さんのところの。お晩でございやす」

「こんばんは、青兵衛さん。良い夜でございますねぇ」

「へい。ほんとに良い夜でございやす。いや、ほんと、この上なく良い夜でございやす！」

元気がよすぎるほどの青兵衛の返事に、玉雪はちょっと目をぱちぱちさせた。見れば、蛙の顔はゆるみ、今にも笑いだしそうだ。

玉雪は穿鑿《せんさく》好きなほうではなかったが、思わず尋ねてしまった。

「何か良いことでも、あのぅ、あったんですか？」

「そうなんでございやすよ！」

よくぞ聞いてくれたと言わんばかりに、青兵衛は身を乗り出してきた。

「うちの姫様のことは、玉雪さんもご存じでございやすね。へい。人間の久蔵殿のところにこの秋に嫁いだ初音《はつね》姫でございやす。本日、華蛇のお屋敷に文をくだすったんでございやすが、どうもこのところ胸が苦しく、体調がおもわしくないとのことでございやした」

姫の手紙に、顔色を変えたのが乳母《うば》の萩乃《はぎの》だ。これは一大事と、すぐさま医者の宗鉄と青兵衛を連れて、久蔵と初音の住まいへと駆けつけた。

床に寝ていた初音をすみずみまで診たあと、宗鉄はにっこりと笑って言った。ご懐妊《かいにん》でございますと。

「まあ。そ、それじゃ、あのぅ、おめでたでございますか？」

「そうなんでございやす！　姫様にお子が生まれるんでございやすよ。もう、手前は驚くやら嬉しいやら。ああ、萩乃様と久蔵殿など、その場でひっくり返ってしまったほどでございやす。あ、こうしちゃいられない。お屋敷に戻って、滋養のある物をありったけ集めてこいと、萩乃様に言いつけられているんで。じゃ、玉雪さん、手前はそろそろ失礼を」

「はい。あのぅ、おめでとうございます、青兵衛さん」

「ありがとうございやす」

弾むような足取りで青兵衛は去っていった。

いいことを聞いたと、玉雪は笑った。この話を聞かせたら、弥助はきっと驚くことだろう。「久蔵に子供？……あいつを親に持つなんて、生まれてくる子もかわいそうだなぁ」と、言うかもしれない。あるいは、「……生まれてくる子が久蔵に似ないといいなぁ」と、しみじみとつぶやくかもしれない。そんな憎まれ口を叩きつつ、いそいそと安産祈願のお守りを買いにいこうとする弥助の姿が目に浮かぶ。

あれやこれやと楽しく思い浮かべながら、玉雪は足を速めようとした。

その時だ。前方に気配を感じた。あやかしの気配。だが、どことなくおかしい。

玉雪はたちまち警戒した。か弱い小妖が身を守るには、とにもかくにも危ないものに近づかないことが肝心なのだ。

いつでも逃げられるように身構えながら、玉雪はゆっくりと前に進んだ。

相手が見えてきた。猫だった。妖気をまとっているから、恐らく化け猫か猫又か。毛色はくっきりと黒筋の入った虎柄だが、ひげは真っ白で、年寄りというのが一目でわかる。

虎猫は、きょろきょろとまわりを見ていた。何かを必死に探している。それなのに、足は一歩たりとも動かない。まるで迷子にでもなったかのような途方に暮れた姿だ。

黙って見過ごすことができず、玉雪は思い切って声をかけた。

「もし。どうかなさいましたか？」

優しい呼びかけに、猫は初めて玉雪に気づいたかのように、こちらに目を向けてきた。

「あ、ああ、はい。恥ずかしながら、か、帰り道がわからなくなってしまいましての」

少しかすれた、だが品のいい声だった。悪意や敵意は微塵《みじん》もなく、ただただ困惑しているのが伝わってくる。

玉雪は警戒を解いた。

「では、迷子になられて？」

「……はい」

老猫は恥ずかしそうにうなだれた。

「しかし、家に帰らなければならないのです。家に災いが近づいている。なんとしても戻り、守らなければ。家を、主達《あるじ》をお守りせねば」

「守る……？　もしや、あのぅ、そちらは守り猫でいらっしゃる？」

「はい」

なるほどと、玉雪は合点がいった。

守り猫。家や主と定めた血筋に仕え、転生を繰り返しながら見守っていくあやかし。主筋には繁栄と守護をもたらす、一種の守り神だ。それだけに、守り猫が家から離れることはめったにない。こうして、外で出会うこと自体が稀な存在なのだ。

「失礼ながら、あのぅ、どうしてこんなところに？」

「それが……よく覚えていないので。我が家に向けて、悪い臭い《にお》が立ちこめてきているのは感じておりました。これは油断できぬと、普段よりも気を張っていたのですが……誰かが、憑き物とわめいていたような。ええい、もうこれも定かではございません。ここ数日の記憶があいまいでしての」

気づいた時にはここにおり、完全に道を見失い、身動きがとれなくなっていたという。

「帰り道を探そうにも、どういうわけか、足を動かせず……。ああ、こんなところでぐずぐずしてはいられない。早く帰らなければならぬのに。ああ、あああ」

猫は身悶えた。この焦りよう、落ちつかなさも、守り猫とわかれば全てに納得がいく。家や主達のことが心配で、気も狂わんばかりになっているに違いない。

やはり見過ごせないと、玉雪は尋ねた。

「あのぅ、おうちはどちらでしょう？　覚えていらっしゃいますか？」

「もちろんです。我が家は、白妙《しろたえ》町二丁目にある大藤屋《おおふじや》という菓子屋でして」

「では、そこまであたくしが案内してさしあげましょう。あのぅ、いかがでございます？」

「それは願ってもないことで。あ、でも、わしは足が……」

「あ、そうでした。動かないのでしたね。それでは、あたくしが抱いて運んでさしあげましょう」

「かたじけない。恩に着ますぞ」

深々と頭を垂れる猫に、玉雪はそっと手を差し伸べた。抱き上げてみると、思ったよりも軽かった。

「では、まいりましょうか」

玉雪は守り猫を抱いて歩きだした。

やっと家に戻れることに安堵したのだろう。守り猫は玉雪の腕の中で色々としゃべりだした。

名は虎丸。歳は忘れた。今の主一家は、最初の主から数えて七代目にあたる。主の藤一郎《とういちろう》は物腰の柔らかい男で、菓子職人達からも慕われていること。その女房のおくらは、近所でも評判の美人であること。

「ちょうど四つになる跡取り息子の坊が、これまた良い子で。かわいくてならんのですよ」

自慢の孫を語る祖父のように、虎丸は目を細めながら言った。

そんな姿を微笑《ほほえ》ましく思いつつ、玉雪は首をかしげていた。

白妙町二丁目。虎丸がいた場所から、ずいぶんと離れている。家を離れたがらぬ守り猫が、いったいどうしてあんなところにいたのか。家に戻る道がわからず、身動きもとれなかったというのも気になる。

ちりりと、小さな不安が芽生えた。

そして、白妙町二丁目菓子屋「大藤屋」の前に着いた時、その不安は確信へと変わった。

夜であることもあり、大藤屋はすでに戸締りされていた。それはいい。当たり前のことだ。

だが、戸口に近づいたとたん、玉雪の肌が粟立った。ぴたりと閉じあわされた戸から、こちらを弾く力を感じたのである。よくよく目をこらせば、大藤屋そのものが大きな結界に包まれているではないか。

「魔除け……」

「こ、これはいかん」

虎丸が焦った声をあげた。

「わしがいない間にやはり何かあったのだ！　それで、主達が魔除けの札を内側から貼りつけたに違いない」

「ど、どうなさるんです？」

「とにかく入らなくては！　な、中に入らなくては！」

だが、どうあがいても、虎丸は大藤屋に近づけなかった。それは玉雪も同じだった。

ついには虎丸は大声で叫びだした。

「ぼっちゃん！　だ、旦那様！　開けてくだされ！　虎丸でございますよ！　帰ってまいりました。入れてくだされ！」

にゃおんにゃおんと、切なげな老猫の声が夜のしじまに響く。それが聞こえぬはずはないのに、大藤屋に動きはない。しんと寝静まって、物音一つ聞こえてこない。いや、これは寝静まっているのではなく、息を殺しているという感じだ。

玉雪の動悸が少し速くなってきた。嫌な悪感がしてならない。

「と、虎丸さん。なんだか様子が変ですよ。ここは一度、あのぅ、引きましょう」

「と、とんでもない。いやでございます。やっと帰ってこられたのに。ようやく戻ってこられたのに」

「それじゃ、朝になるまで待ってみては？　朝になれば、あのぅ、ここの人達も戸を開けてくださいましょう」

「いやいや。今、入らなくては！　主達の無事を確かめなくては！」

狂ったように泣きわめく虎丸に、玉雪は困り果てた。願いを叶えてやりたいのは山々だが、こうも強固な結界が張られていては、玉雪には手も足も出ない。

しかたないと、覚悟を決めた。

「わ、わかりました。それじゃ、あのぅ、ちょっとだけここで待っててくださいまし。助けを呼んできますから」

「助け？　この結界を破れると？」

「あい。だから、ここで待っていてくださいな。くれぐれも、あのぅ、自分だけで無茶をしちゃいけませんよ」

その場に虎丸をおろし、玉雪はきびすを返して闇の道へと入った。弥助を呼ぶつもりだった。人間である弥助なら、お札の貼ってある戸口を開くことができるだろう。優しいあの子のことだ。頼めば、きっと引き受けてくれる。

あるいは、千弥が来てくれるかもしれない。妖力を失っていても、その怪力は健在だ。「弥助をわずらわせるくらいなら、私がやるよ」と、冷たい顔をしながらも戸を蹴破ってくれるに違いない。王蜜の君は……いやいや、あの御方に頼むのは論外だ。

そんなことを考えながら、急ぎ太鼓長屋へと向かっていた時だ。玉雪は、なじみのある匂いを嗅いだ。

よく知っている相手の匂い。

はっと足を止めたとたん、闇の道から外れた。

玉雪はするっと闇から出ていた。そこは人気のない神社の境内で、目の前には若い男がいた。なかなかいなせな顔つきで、身につけているものも洒落《しゃれ》ているが、玉雪の出現に腰を抜かしたのか、大股を広げてへたりこんでいる。

やはりと、玉雪は笑った。よく知っている相手だ。

「久蔵さん……」

「うわ、もう、びっくりした！」

止まっていた息を吐き出すように、久蔵が言った。

「消えたり現れたりは、妖怪の得意技だろうけど、もうちっとこっちの心の臓のことを考えてもらいたいねぇ。これじゃ命がいくつあっても足りないよ」

立ちあがり、尻をぱんぱんとはたいたあと、久蔵はしげしげと玉雪を見た。

「ああ、おまえさんは弥助んとこの。確か玉雪さんだったね？」

「あい。玉雪でございます。あのぅ、失礼ながら、こんなとこで何を？　こんな夜遅くに出歩いては、あのぅ、奥様が心配されますよ」

「いや、それがさ。今、お乳母さんが来てるんだよ。うちのに張りついて、離れやしない。こっちもどうにもいたたまらなくて、ちょいと逃げてきたってわけさ」

渋い顔をしつつ、久蔵の目には不思議な輝きが満ちている。不安や驚きや喜び。そんなものがまじりあい、きらきらと輝いている。

玉雪は、この男に言わなければならない言葉があることを思い出した。

「そう言えば、あのぅ、おめでとうございます」

「え？」

「奥様のこと。聞きましたよ。おめでただそうで」

まいったねえと、久蔵は笑った。

「もうおまえさんの耳にまで届いたのかい？　俺だって、ついさっき知ったばかりだってのに。妖怪ってのも案外噂好きなんだねぇ」

「さっき青兵衛さんに会いまして、それで、あのぅ、教えてもらったんでございますよ」

「あ、なるほど。青兵衛さんか。ったく。あの蛙も口が軽いねぇ。この調子じゃ、明日の夜には妖怪という妖怪に知れてそうだ」

文句を垂れつつ、久蔵は嬉しそうだった。

一方、玉雪のほうもこの出会いを喜んだ。ちょうどいい人に会えたと思ったのだ。正直、大藤屋には厄介事の気配がする。それに弥助を巻きこむのはまずいのではないかと、思い始めていたところだ。その点、この人になら遠慮なく頼める。少々のことではへこたれない男だろうから。

(もし、久蔵さんがちょっと厄介なことになったとしても……あのぅ、弥助さんはむしろそれを喜んでくれるかもしれないし)

千弥ほどではないものの、玉雪も十分すぎるほど弥助に甘いのだ。

これ幸いと、玉雪は久蔵に話しかけた。

「もしまだお帰りにならないなら、あのぅ、ちょいと手伝ってはいただけませんか？」

「いいとも！　引き受けた！」

「……まだお願いすることを言ってないのですけど」

「今夜の俺は頼み事はなんだって引き受けるよ。なんだい？　なんなりと言ってごらんなさい」

異様に上機嫌な久蔵に、少々たじろぎつつも玉雪はわけを話した。

「ふうん。あの大藤屋がねぇ」

「ご存じなんですか？」

「うん。あそこのきんつばが好物でね。よく買いにいくんだよ。……そういや、変な噂を聞いたっけ」

「噂？」

「大藤屋のおかみさんがまいってるって。飼い猫の鳴き声がうるさくて眠れないっていうんだよ。毎晩ものすごく鳴いて騒ぐようになったんだと。あ、こんな話も聞いたね。大藤屋の知り合いが高名な坊さんを連れてきたところ、飼い猫が良くないと言われたって」

この猫はいずれ災いをもたらしましょう。大藤屋の身代が大切ならば、今のうちに手放したほうがよろしい。なんでしたら、こちらで引き取りましょう。しかるべき処置を施しまするゆえ。

高僧はそう言ったが、大藤屋の旦那は渋ったそうだ。

「ずっとかわいがってきた猫だし、これが災いとなるなど考えられないって、旦那は断ったらしい。けど、坊さんは何度も説得に来るし、あいかわらず猫はうるさいし、おかみさんからはなんとかしてとせっつかれるし。……近々、旦那が折れて、猫はどこかにやられるんじゃないかって、そんな話を耳にした」

「そ、それはいつの話でございます？」

「十日くらい前だったかねぇ。はっきりとは思い出せないけど。でも、話に出てくる飼い猫ってのは、おまえさんが送り届けた猫なんじゃないかい？」

玉雪はぞわっとした。嫌な悪寒がぶり返してきたのだ。

では、虎丸は大藤屋の人達によって、外に出されたのだろうか？　そして、守り猫のいなくなった家は？　いったいどうなった？　何が起きている？

「きゅ、久蔵さん。とにかく、あのぅ、大藤屋へ一緒に行ってもらえますか？」

「いいよ。行こうじゃないか。……俺もなんか嫌な気がしてきたよ」

久蔵の手をつかみ、玉雪は闇に滑りこんだ。できる限りの速さで、大藤屋へと戻る。

大藤屋の前では、あいかわらず虎丸が呼びかけていた。

開けてくだされ。入れてくだされ。旦那様。おかみさん。ぼっちゃん。

玉雪達が戻ってきたのにも気づかず、一心不乱に呼び続ける守り猫の姿に、久蔵も言葉を失った。

だが、玉雪は躊躇《ちゅうちょ》しなかった。時が惜しい。今この瞬間にも、大藤屋の中では訳のわからぬ凶事が起こっているかもしれないのだ。守り猫がいない家に、守り猫を戻さなくては。

「久蔵さん、お願いいたします！」

「わ、わかったよ」

久蔵は戸口に駆け寄った。玉雪が思ったとおり、弾かれることもなく手を戸にかける。

「大藤屋さん！　大藤屋さん、いますか？」

「久蔵さん、か、かまわないから、戸を破って！　は、早く！」

「そんなこと言われても……ああ、もうしかたない！　あとでずらかるの、手伝っておくれよ！」

やけくそ気味に叫ぶと、久蔵は戸に体当たりを食らわせた。それなりにいい体格をしているので、二回ほどぶつかると、かたんと、戸の向こう側で音がした。心張棒《しんばりぼう》が外れたのだ。

久蔵がふたたび戸に手をかけると、今度はすんなりと開いた。

「開いたよ！」

「旦那様！」

虎丸が稲妻《いなずま》のように中に駆けこんだ。放っておけず、玉雪と久蔵もあとに続いた。

大藤屋の中は、魔除けの香が立ちこめていた。柱や天井にも無数の札が貼りつけてある。にもかかわらず、奥に進むにつれて、嫌な気配がし始めた。じわじわと、膿《うみ》が染みだすように強くなっていく。

虎丸はどこだと、玉雪は焦りながら探した。守り猫として、早く力を発揮してもらわねば。この気配は明らかに異様だ。

「と、虎丸さん！」

「くそ。どこだい！　誰かいないのかい！」

廊下を走りながら、障子《しょうじ》という障子を開け放っていったが、誰もいない。それなりに職人を抱えているはずなのに、彼らの姿がどこにもない。

二階へと駆けあがったところ、奥にふすまが見えた。少し隙間が開いている。ちょうど、猫が一匹、すり抜けられるほどの隙間だ。

「虎丸さん！」

玉雪は駆け寄り、ふすまを開け放った。

そこに、身を寄せ合い、ひとかたまりになって震えている者達がいた。男に女に小さな男の子。恐らく、大藤屋の主、藤一郎とその妻子だろう。三人とも蒼白の顔をして、こちらを向いている。だが、その目は駆けこんできた玉雪や久蔵を見ていなかった。

彼らが恐ろしげに見ている相手は……虎丸だった。

虎丸も、茫然とした様子で主一家を見返していた。

「おかしい、な。……どうして？……なぜ知らない人達が、ここにいる？　ここは……わしの家。旦那様達とわしの家なのに」

戸惑ったような声が、次第に怒りと憎しみを孕《はら》んでいく。ふしゅうっと、音を立てて虎丸の体から黒い瘴気《しょうき》が立ちのぼりだした。それも強烈に禍々《まがまが》しい。

「旦那様達はどこだ！　どこに隠した！」

すさまじい形相で吼《ほ》える虎丸に、親子三人は答えない。声はおろか、悲鳴もあげられぬほど怯えきっているのだ。

玉雪は慌ただしく久蔵に尋ねた。

「久蔵さん！　あれは、本物の大藤屋さん達ですか？」

「あ、ああ、間違いなく本物だよ。旦那一家だ」

「それじゃ……虎丸さんが間違っている？　虎丸さん、ちょっと待って！　お願いだから、あのぅ、落ち着いて！」

「うるさい！　旦那様達を返せ！　許さない！　許さない！」

逆上する虎丸。同時に、悪臭が強まった。どろりと濃厚な血と泥の臭いだ。死臭も混じっている。

ごとり。

ふいに、虎丸の頭が床に落ちた。首から下は消え、ただ頭だけがむくむくと大きくなっていく。その両目には、いつの間にか五寸釘が深々と突き刺さっていた。

久蔵があえぐようにうめいた。

「ね、ね、猫首！」

「……そんな、そんなことが……」

玉雪は痛いほど自分の両手を握り合わせた。

守り猫であるはずの虎丸が、猫首だったなんて。

だが、混乱する一方で、頭の片隅は不思議と冷静だった。ふいに、全ての謎がわかった気がした。

罠にはめられたのだ、虎丸も、この家の人達も。

この家に悪意を持つ者の存在を、近づく災いを、守り猫である虎丸は感じ取っていた。それを祓《はら》うために、昼夜を問わず、猫のまじないを唱えていたのだろう。だが、主達にはそれがわからなかった。ことに、外から嫁いできたおかみには。

虎丸のせいで眠れず、気味の悪さに追い詰められたおかみに、そっと近づく者がいたはずだ。そやつはさも親切そうに、ささやいたことだろう。

あの猫を遠ざけなさい。あれは、災いを呼びますよ。なんだったら、こちらで引き取ってあげましょう。

疲れ果てたおかみは、後先考えずに虎丸を引き渡した。邪魔な守り猫を大藤屋から引き離す。ああ、それこそが悪者の企みだったに違いない。

そしてこの悪者はさらに狡猾《こうかつ》だった。虎丸を排除するだけでは飽き足らず、こともあろうに呪術でねじまげ、猫首という凶器に作り変えたのだ。

守り猫の性《さが》が残っているために、虎丸は家に帰りたがる。ああ、そうだ。術を施されたあと、虎丸は一度、この家に戻ってきたのだ。だが、すでに猫首であったために、主達の姿は憎む敵にしか見えない。今のように錯乱《さくらん》し、主達を襲ったに違いない。その時はまだ術が弱かったのか、それとも正気に戻ったのか、とにかく主一家を殺せなかったようだが。

玉雪と最初に出会った場所に、虎丸がぽつねんといたわけもわかった。

憑き物落とし。

悪いものが憑いているものを捨てる。捨てることによって憑き物を落とす。古くからある呪術返しだ。ふたたび虎丸が襲ってくることを恐れ、また呪術返しの意味もこめて、主一家が虎丸を捨てたのだろう。

そして、それは成功していた。捨てられたことで、猫首の力は弱まった。玉雪が出会った際、虎丸が正気であったことがなによりの証拠だ。玉雪がここに送り届けなければ、虎丸は道を見失ったまま、二度と大藤屋に戻ることはできなかったはず。

玉雪は体から血という血が抜けていくような心地がした。自分が手を貸してしまったせいで、虎丸が猫首に戻ってしまった。大藤屋一家が危険にさらされてしまった。なんてことをしてしまったのだろう。とりかえしがつかないとはこのことだ。

同時に、この手口を考えだした者の悪意に震えた。恐ろしい企てだ。ぞっとするほどおぞましい。守り猫に守っている相手を殺させるなど、正気の沙汰とは思えない。

そんなことが稲妻のように玉雪の頭を駆けめぐっていった。

この間に、虎丸は変貌を遂げていた。もはや完全に猫首の姿となっている。

「返せ！　みんなを返せぇぇ！」

唸り声をあげながら、ごろりと、猫首がゆるやかに転がりだした。そのまままっすぐ、主一家へと向かっていく。

いけないと、玉雪は叫んだ。わずかな間一緒にいただけだが、虎丸がどれほど主一家を大切に思っているかはよく伝わってきた。その主一家を虎丸が傷つけるなど、あってはならないのだ。

「虎丸さん、正気に戻って！」

決死の思いで、玉雪は虎丸に飛びついた。とたん、焼けるような痛みに襲われ、悲鳴をあげて後ろに下がった。

見れば、手がただれていた。瘴気のせいだ。

痛みに泣きながら、それでももう一度挑もうとした時だ。

「どいてな！」

久蔵が玉雪を押しのけ、何かを虎丸に叩きつけた。

「みぎゃおおおおっ！」

絶叫をあげ、虎丸が大きく跳ねた。そのまま天井板を押し破り、姿を消してしまった。

ごろごろという不気味な音が消えたあと、久蔵は玉雪を振り返った。真っ青な顔をしつつも、にやりと笑い、右の手を広げてみせた。手の平には、白い砂のようなものがついていた。

「塩だよ。初音がね、いつ何に出くわすかわからないから、いつも持っていろって。正直、面倒くさいと思っていたんだが、思いがけず役に立ったよ」

「や、やっぱり、奥様の言うことは、あのぅ、素直に聞いておいたほうがいいということですね」

「そうみたいだね」

軽口を交わすと、少し気持ちが落ち着いてきた。

二人は、大藤屋一家に近づいた。三人は気を失って倒れていた。久蔵は主の顔を何度かはたいたのだが、いっこうに正気づく気配がない。

「瘴気に当てられたのでしょう。あのぅ、当分は起きないかと」

「まいったね。今のうちに外に逃がそうと思ったのに」

「外に逃がしても、あのぅ、追ってくるのでは？」

「……そうかもしれない。ああ、けど、わかんないねぇ。あの猫は守り猫ってやつだったんだろう？　主一家を守るのが役目なんだろう？　なのに、どうして猫首になって、この人達を襲ったりしたんだい？」

「今の虎丸さんには……この人達が偽者に見えるんだと思います。呪術をかけられ、あのう、そう思いこまされてしまっているんでしょう」

だから、虎丸は絶対にあきらめないだろう。主一家を殺すまで、狙い続けるに違いない。

「ひどい話だよ。猫首の噂は俺も聞いてたけど……実物はとんでもないもんだ」

ともかく、なんとかしなくてはいけないと、玉雪と久蔵は話し合った。

「あいつはじきに戻ってくるだろう。俺の塩はまだ少しあるけど、同じ効き目があるかどうかまではわからない」

「そ、そうですね」

「それで思ったんだが、あいつを外におびきだすってのはどうだろう?」

「で、でも、おびきだすと言っても……。この人達はこのとおり、あのぅ、身動きがとれないですし」

「だからさ、俺達が身代わりになるんだよ」

案外いけるんじゃないかと、久蔵は続けた。

「俺が見たところ、あいつは目が見えない。五寸釘で目玉をつぶされてるんだからね。たぶん、匂いや気配で獲物に狙いをつけるんだ。だからさ、この人達の着物を俺達が身につければ、きっとこっちを襲ってくる」

「……なるほど。確かに、あのぅ、そうなるかもしれません。……でも、そのあとは?

あのぅ、ずっとあたくし達が狙われることになりませんか？」

「……大藤屋から十分に離れたら、ささっと着物を脱げばいいんじゃないか？」

「そんな適当な」

「他に手があるかい？」

「………」

とにかく、やってみようということになった。気絶している親子から着物を脱がせ、自分達の着物と取り換える。藤一郎のは久蔵が、おくらのは玉雪が着こむ。子供も同じように脱がせ、久蔵の半纏でくるんだ。

身支度を終えた時は、さすがの久蔵も足が震えていた。玉雪には久蔵の気持ちが手に取るようにわかった。大藤屋の主人の着物が、死装束のように感じられるに違いない。

「畜生め！　しっかりしろ！」

自分を叱りつける久蔵に、玉雪はささやいた。

「無理することないんですよ、きゅ、久蔵さん。こ、怖くて、あのぅ、当たり前なんですからね」

「いやいや。こっちはね、これから親になろうってんだ。これくらいで震えてちゃ、生まれてくる子に愛想尽かされちまうよ」

「久蔵さん……」

「なんだい？」

「あのぅ、すてきですよ」

「……ありがとさん。なんとなくだけど、俺も自分でそう思う」

最後の仕上げとして、親子の頭に少しずつ塩を置いた。魔除けになるようにと思ってのことだ。

よしと、玉雪と久蔵は顔を見合わせた。

「行こうか？」

「あ、あい」

子供の着物を持ち、久蔵は大声で叫んだ。

「逃げるよ！　猫首から逃げるよ、おくら！」

呼びかけられ、すかさず玉雪は返事をした。

「あい、旦那様！」

「坊は私がだっこしていく。おまえは私についてきなさい」

「あい！」

わざと足音を立て、二人は部屋を飛び出した。階段を駆け下り、外を目指す。

恐ろしいことに、ごろごろと、すぐにあの音が聞こえてきた。

「来ています！　久蔵さん、追ってきています！」

「わかってるよ。いいから、早く早く！」

二人が大藤屋を飛び出したあとも、音はずっとついてきた。猫首はどうあってもこちらの息の根を止めるつもりらしい。走っても走っても、いっこうに引き離せないことに、久蔵はぞっとした。

「ど、どうするんです？　このあとは、あのぅ、どうするんですか？」

「わかんないよ、そんなこと」

泣きそうな玉雪に、久蔵も泣きそうな声で答えた時だ。道沿いに地蔵が六体ほど並んでいるのが見えた。

何か思いついたのだろう、久蔵は走りながら、着ているものを脱ぎにかかった。地蔵の前で足を止める久蔵に、玉雪は悲鳴をあげた。

「な、何やってるんですか！」

「いいから、おまえさんも早く脱いで！」

「え？」

「脱ぐんだよ。急いで！」

身につけていた藤一郎の着物をがばりと地蔵にかぶせ、持っていた子供の着物も別の地蔵にかける久蔵。意図を悟った玉雪も、同じようにした。

肌着姿となった二人は、そのままそばにあった熊笹の茂みへと飛びこんだ。息を殺し、しゃがみこむ。大気は凍りつきそうなほど冷たかったが、震えが来るのはそのせいではない。

いつしか玉雪も久蔵も、互いの手をぎゅっと握りあっていた。少なくとも一人ではない。そのことが唯一の心の支えだった。

やがて、ごろごろと、猫首がやってきた。

猫首は一瞬たりとも止まらず、そのままの勢いで地蔵の群れに突っこんだ。大きく開いた口が、おくらの着物をかぶった地蔵をがぶりとくわえる。

瞬時にして砕ける地蔵を見て、玉雪は自分が噛み砕かれるような心地を味わった。思わずうめきが漏れそうになる口を、必死に手で押さえる。それは久蔵も同じだった。

次々と地蔵を破壊したあと、猫首はゆらゆらと空中に浮かびあがった。これからどうしたらよいのか、考えあぐねているようだ。

ここで、久蔵が思い切ったように大声を張り上げた。

「なんてこった！　死んじまった！　大藤屋さんが死んだ！　おかみさんもぼっちゃん

も！　三人とも死んじまったよ！」

大藤屋一家が死んだ。

その言葉は大きな効果を生んだ。猫首は力を失ったように、地に落ちたのだ。首だけだった姿が縮み、ふたたび虎丸の姿になる。

猫首の呪いが解けたのかと、玉雪は急ぎ茂みから出ていこうとした。が、はっとなった。虎丸の目は白く濁《にご》り、空蟬《うつせみ》のようにうつろだった。耳をすませば、虎丸は何かつぶやいていた。

「旦那様。おかみさん。ぼっちゃん。どこにおいでです？　早く家に帰らなくては。帰りたい。帰りましょう。ぼっちゃん……」

なんてことだと、玉雪は唇を嚙んだ。

大藤屋一家を殺したと錯覚させ、猫首としての目的を遂げさせたはずなのに。

一縷《いちる》の望みをかけて、呼びかけてみた。が、虎丸の耳にはもはや玉雪の声は届かないようだった。玉雪の姿も、その淀んだ目には映らない。虎丸は無音の闇の中に囚われてしまっていた。

かと言って、このまま大藤屋に連れ戻せば、また同じことが起きるだろう。玉雪の目に涙がわいた。もう、どうにもならないのだろうか。激しく主と家を求めたまま、虎丸の魂はさ迷い続けるしかないのだろうか。それはあまりに寂しい。悲しい。

思わず手を伸ばす玉雪を、久蔵が体で遮《さえぎ》った。

「だめだよ、玉雪さん」

「で、でも……」

「あの猫さんに触ったらだめだ。俺でもわかるよ。姿は元に戻っても、あれはまだ呪われてる……下手したら、おまえさんまで引きずられちまうよ」

「そのとおりじゃ」

不意打ちのごとく、甘い声音が響いた。

玉雪も久蔵も飛び上がった。

いつの間にか、王蜜の君その人が二人のそばに立っていた。もはや子猫の姿ではない。甘い薫香《くんこう》と艶《つや》を漂わせ、雪のような髪を滝のごとく後ろに流し、金糸の縫いとりがされた深紅の打ちかけをまとった姫姿だ。闇の中にあっては、その金の瞳はひときわ輝き、まさに息をのむような美しさをかもしだしている。

思いがけない相手を前にし、玉雪は文字通り固まってしまった。が、圧倒されたものの、久蔵はなんとか声をしぼりだした。

「猫のお姫さん……な、なんでここに？」

「わらわの網に獲物がかかったのを感じての」

「網?」

「まあ、それはそなたには関わりのないことよ。それよりも、なかなか見事な憑き物落としであったのぅ。地蔵を身代わりにするとは、とっさの思いつきであろう? 機転が利くものよ。さすがは初音姫が見こんだ男じゃ」

褒《ほ》める王蜜の君に、久蔵の顔色が変わった。

「……ちょいと待った。それじゃなにかい? 俺達が必死で逃げているのを……」

「うむ。少し前から見ておった」

「………」

「ん? なんじゃ?」

「な……」

「な?」

「なんで助けてくれないんですか! お、俺達が危うい目にあってるのをただ見てるなんて! ひどい! あんた、猫じゃないね。鬼だ。鬼の姫だ!」

「失敬な。そなたらがあまりにがんばっておるので、それに水を差すのも悪いと思うて、出ていく機会を見定めていただけのこと。わらわとて、本当に危うくなったら出ていくつもりであったわ」

嘘だと、玉雪は思った。遊び好きな王蜜の君のことだ。二人が猫首相手にどう動くか、おもしろくなって見ていたに違いない。だが、いかに責めても、この猫の姫はびくともしないだろう。

言いたいことは山ほどあるという顔をしつつ、久蔵も結局黙りこんだ。

今度は玉雪が口を開いた。

「ここにいらっしゃったということは……あのぅ、虎丸さんを助けてくださると？」

「むろんのことよ。あれはわらわの眷族《けんぞく》、わらわの守るべきものじゃ。……命を救うことはできなんだが、それでも魂は救うてやれる」

金の目に憂《うれ》いと哀しみを宿しながら、王蜜の君は虎丸へと近づいていった。

目は見えぬものの、さすがに気配を感じ取ったのだろう。虎丸は怯えたように身を縮めた。その体を、王蜜の君は優しく抱き上げた。老いた守り猫の耳に口を寄せ、穏やかにささやきかける。

「たとえ闇の中にいようとも、わらわの声は聞こえよう？　ようやったの、守り猫よ。そなたの大事なものに、もはや災いは及ばぬ。そなたは家と主を守りきったのじゃ」

「……家を守った？　だ、旦那様達は、みんな無事？」

「そうじゃ。そなたは守り猫としての役目を果たしたのじゃ。じゃから、もうお休み。疲れておろう？　しばし休むのじゃ。心安らかに、わらわの腕の中で」

眠れ眠れと、子守唄のように優しくささやく王蜜の君。その声音に酔いしれたかのように、虎丸はうっとりと目を閉じた。こわばっていた体からも力が抜けていく。

王蜜の君は虎丸を袖で包みこむように抱いた。次に腕を開いた時、虎丸の姿は消えていた。ただきらきらとした光の粒だけがあった。それは粉雪のように舞いあがり、静かに王蜜の君の胸元へと吸いこまれていったのだ。

ふっと、玉雪は安堵の息を吐いた。それは久蔵も同様だった。今見ていたことは、到底言葉にできないことだ。だが、少なくとも、これだけはわかる。もはや虎丸は苦しみから解き放たれたのだ。それだけで十分だ。

そんな二人に、王蜜の君は笑いかけた。

「わらわの眷族が世話をかけたの。礼を言うぞえ」

「いえ、とんでもない。……あのぅ、このあとは？　また太鼓長屋に？」

いやと、王蜜の君はかぶりを振った。

「弥助のもとはなかなか居心地が良かったがの。そろそろ頃合いじゃ。……獲物も定まったゆえ、わらわはこのまま去るとしよう。弥助と千弥には、そなたからよろしく伝えておくれ、玉雪。後日、改めて世話になった礼を届けるとな」

「あ、あい」

「そうそう、久蔵。初音姫とは仲良うやっておるかえ？」

「ええ。……じつは、子供ができましてね」

「まことかえ！」

王蜜の君は喜びをあらわにした。

「それはめでたい！　じつにめでたいのぅ！　なぜそれを早う言うてくれなんだ？」

「……言う暇なんか、なかったでしょうが」

「まあ、そうじゃの。ともかく、祝いの品を届けねばならぬのぅ。これもまた改めて、挨拶にまいるとしよう。とりあえず、今は狩りを終わらせねば。すまぬ、久蔵。玉雪も。わらわはこれで失礼させてもらうぞえ」

慌ただしく言い、王蜜の君は姿を消した。

玉雪はほっとした。助けられたとはいえ、やはり王蜜の君がそばにいると、どうも息がまともにできない気がする。それは久蔵も同様だったのか、ぼそりとつぶやいた。

「やっぱりとんでもないお姫さんだね」

「そ、そうでございますねぇ」

「……子供のこと、教えないほうがよかったかな？」

「……いずれは知れてしまうことでございますからねぇ」

「だよねぇ」

ここで、ぐしゅっと、久蔵がくしゃみをした。考えてみれば、薄い肌着姿のままなのだ。これはいかんと、久蔵は体をこすりながら言った。

「と、とりあえず、家に戻るとするかね。このままじゃ遅かれ早かれ凍え死んでしまうよ」

「大藤屋さん達に着せた着物は、あのぅ、どうしましょう？」

「……今更取り戻しにいくってのもなんだかねぇ。あのままにしておくしかないんじゃないかな。まあ、着物で命があがなえたと思えば、安いもんだよ。ああ、心配ないよ。おまえさんには、俺が新しいのを見つくろってあげる。この際だから、うんと洒落たのにしてあげるからね」

「いえ、そんな。もとはと言えば、あのぅ、あたくしが久蔵さんを騒動に巻きこんでしまったわけですし」

「いいからいいから。新しい着物をこしらえたら、きっと弥助も喜ぶよ？　かわいい、きれいだって、きっと玉雪さんを褒めてくれるよ？」

ぐらっと、玉雪は気持ちが大きく傾いた。とどめとばかりに、久蔵は言葉を続けた。

「それじゃこうしよう。おまえさんは、術を使えるんだろう？　それを使って、おまえさんは今すぐ俺をうちまで送る。その礼として、俺は新しい着物をこしらえる。そういう取引ってことで、どうだい？」

「……それじゃ、あのぅ、そういうことにしましょうか」

「そうしよそうしよ。ってことで、早いとこ帰ろうじゃないか。ほんとに風邪をひいちまいそうだよ」

そうして、玉雪と久蔵はその場から去ったのだ。

猫結び

狭い部屋の中、男が一人、商売道具の手入れをしていた。行燈《あんどん》の薄い明かりの下、剃刀《かみそり》や鋏《はさみ》の刃を研《と》いだり、櫛《くし》をきれいに拭いたり、鏡を磨いたりと、休むことなく手を動かしている。空気がしっとりと艶《つや》っぽいのは、椿《つばき》油や鬢《びん》付け油の香りが部屋に立ちこめているせいだ。

そう。男は髪結いだ。そして、男はこの仕事が大好きだった。

椿油の香り。指にからみつく髪の感触。ろくに手入れのされていなかった髪束が、くしけずるうちに艶を放ち始めるのを見るのが愛《いと》おしい。やはり女の髪のほうが量が多くて、触っていて気持ちがいい。が、研ぎ澄ました剃刀で、男の月代《さかやき》や無精ひげをさっぱりと剃るのも心地よい。

だが、一番楽しいのは、人の心が見えることだ。こちらに無防備に背を向け、頭と髪を預けているせいか、客は自然と心を開いてくる。そうすると、見えてくるのだ。言葉の端端から、相手がどんなものを求めているのか、何をうらやんでいるのかが。

不満や不安、悩み。

それらは、触れている髪と同じくらいの確かさで、髪結いに伝わってくる。だから、客に合わせて、髪結いは物語を作り、語ってやるのだ。

彼は天性の語り部だった。相手に合わせての物語作りも、それをなめらかにしゃべるのもお手の物。さらに、人の心を酔わせる美声は、鮮やかな絵の具のように物語を彩り、肉厚にする。あたかも本当のことであるかのような真実味を持たせる。髪に油がなじむように、相手の心にしみこませ、信じこませるのだ。

だが、彼が語るのは、心躍る物語ではない。不平不満を増長させるための、呼び水となる物語なのだ。

小さな火種が大きな炎となるように、人はたやすく憎悪を燃やす。自分の言葉に心動かされて、闇へ闇へと堕ちていく人間を見るのは、髪結いにとってこたえられない遊びだ。

道具の手入れを続けながら、これまでに破滅に導いた客達を思い出す。男、女、町人、武士、相手が誰であれ、髪結いにとってはかわいいおもちゃだ。

そう言えば、瀬賀屋《せがや》の若おかみはじつにたわいなかった。家付きの箱入り娘。婿《むこ》入りした亭主を蔑《さげす》んでいたくせに、「亭主が浮気しているのでは?」と水を向けたとたん、一丁前に嫉妬《しっと》するのだから笑ってしまう。

手ひどくなじられ、あそこの婿はついに姿を消したという。きっと二度と戻ることはあるまい。世間の好奇の目にさらされ、瀬賀屋はずいぶん肩身の狭い思いをしているらしい。若おかみも、最近は外を出歩くこともなく、家の奥にひきこもっていると聞く。

くつくつと、髪結いは笑った。

あの愚かな若おかみには、物語を作る必要もなかった。だが、どうせならやはり、物語を語りたい。

例えば、猫首。猫塚に猫の首を捧げて、猫首という魔物を作り、憎い相手を殺すというもの。

最初にこの話をしてやった相手は、魚屋の女房おせつだ。

優しい亭主、繁盛している商い。一見、幸せそうに見えるおせつには、じつは深い悩みがあった。嫁いできて五年以上経つのに、いまだに子宝に恵まれないことだ。

だが、自分と同じ頃に嫁いできた隣のだんご屋の女房おときにも、子が生まれない。この切ない思いも、自分だけが味わっているわけではない。

自分とおときを重ねることで、おせつは心の痛みを和らげていた。

しかしおときが元気な男の子を産み落とした時、それが崩れた。

おせつは心底おときを妬んだ。

なぜあの女が赤子を抱いている？　なぜ自分ではない？　許せない。あんな赤子、いなくなればいい。そうすれば、おときはうんと苦しむことになるだろう。それが見たい。

もちろんそんな思いを外に出せるはずがない。実行はなおのこと無理だ。

醜い嫉妬と恨みを胸に溜めこんでいたおせつ。髪はぱさぱさに乾き、傷んでいた。かわいそうに。慰めてやらなくては。この哀れな心をくすぐるような話を作ってやろう。そう。恨みを晴らせる呪いの話がいいだろう。

たちまちのうちに、一つの物語が髪結いの頭の中で組み立てられた。ちょうどその時、外を猫が通るのが見えたので、呪術の贄《にえ》として猫を使うことを思いついた。ちょっとした小道具だ。

そうして髪結いはおせつの髪を結い上げながら、「お客さん、こんな話をご存じですか？」と、出来立てほやほやの物語をゆるやかに話してやったのだ。

おせつのために作った話であったが、自分でもなかなか気に入ったので、他の客にも話してやった。

若い妾《めかけ》に夢中な亭主を取り戻したいと焦る女。

妹が嫁ぎ先で苛《いじ》め抜かれたと憤怒《ふんぬ》する男。

最近では、商家の女房に懸想《けそう》した生臭坊主に話してやった。邪魔な亭主と子供を呪い殺せれば、うまく女を手に入れられるかもしれない。こちらの話を聞いているうちに、坊主がそんな考えに取りつかれていくのが、手に取るようにわかった。

この坊主はきっとやるだろう。

仏に仕える者が猫の生首を土に埋める姿を思い浮かべ、髪結いは笑った。

それにしても、我ながらよくできた話だった。「生贄は毛色違いの猫四匹にするべし」とか、「首を切り落としたら、目には五寸釘を打ちこむ」とか、「呪う相手の飼い猫を贄にすれば、より強力な魔物ができる」など、少しずつ細かい部分を付け足し、より怖さと厚みを持たせていったのもよかったのだろう。今では「猫首」の話は、江戸中に広まっている。

だが、もうそろそろ新しいものを考えよう。今度はどんなものを語ろうか。ぞくっとさせつつも、人の欲をくすぐり、魅了するようなものがいい。

そんなことを考えながら、今度は髪油の調合にとりかかった。鬢付け油には、数種類の香油と椿油を独自に混ぜ合わせたものを使っている。これがまた、「香り高い」と、評判がいいのだ。

そうして、鉢の中へと材料を少しずつ加えていた時だ。

「やっと見つけたぞえ」

蜜《みつ》のように甘美な声が響いた。

ぎくりとして、髪結いは振り向いた。すぐ後ろに、十歳くらいの娘が立っていた。

空恐ろしいほど美しい娘だった。抜けるように白い肌、金色に輝く目。金襴緞子《きんらんどんす》の深紅の打ちかけをまとい、妖花のごとく艶《なま》めかしい。

明らかに人間ではない。闇の中にこそ息づくものだ。

だが、髪結いは恐怖を感じなかった。ただただ驚嘆していたのだ。その目は、相手の髪に釘付けとなっていた。

長い長い白い髪。光を放つほどに艶があり、結わずに流してある様が、これまた美しい。

触りたい。この手ですくいあげてみたい。

強烈な欲望に突き動かされ、髪結いは手を伸ばした。だが、すいっと娘はその手を避けた。金の目は楽しそうに、そして冬の星のように冷たくきらめいていた。

それに気づき、髪結いは初めてうっすらとした怖さを感じた。胸がいやにざわついた。肌もちりちりとする。

うわずった声で「誰だ?」と尋ねると、あやかしの娘はにやっと笑った。

「そなたに恋焦がれていたものじゃ」

「あ、あたしに？」

「そうじゃ。そなたに会いとうて会いとうて、気も狂わんばかりでのぅ。じゃが、ようやく会えたの、愛しの君よ。これ以上の喜びはないぞえ」

愛しいと言いつつ、娘の声にはこちらをなぶるような響きがあった。

髪結いはそばにあった剃刀に手を伸ばした。こんな剃刀で太刀打ちできるような相手ではないと、わかっていた。それでも何かを持たなければ、今すぐ正気を失いそうなほど怖かったのだ。

震えている男を、異形の娘は陶然《とうぜん》としたまなざしでながめた。獲物を前にした猫の目だった。やがて、ささやくように話しだした。

「噂というものは魔と同じよ。悪い噂ほど早く広まり、より黒く膨らんでいく。まるで野火のようにのぅ。それもそのはず、言葉には強い力があるからじゃ。禍事《まがごと》に力を持たせ、疫病《えきびょう》のごとく猛威を振るわせる。それはそなたもよう知っておろう？」

「う……」

「……古来から、そなたのような人間はいたものよ。物語を生み出し、嘘を真にする言霊《ことだま》師。その才をよいことに用いれば、いくらでも人を癒したり、救ったりできるというに。己の欲望のために周囲をかき乱し、巧みに操り、破滅させる。そうせずにはいられぬのであろうな。もったいないこと。じつにもったいないことよ」

だがと、あやかしの目が鮮やかに燃え始めた。

「こたびは選んだ題材がまずかったのぅ。四匹の猫を猫塚に捧げよ、か。おかげで、多くの無垢な猫と、わらわの眷族《けんぞく》たる化け猫が命を散らした。……到底許せることではない」

あがなってもらうと言われ、髪結いは錯乱《さくらん》したようにしゃべりだした。

「あ、あたしは何も、何もしちゃいない。ただ話をしただけだ。実際に呪術をやるかやらないかなんて、そいつら次第だ。あたしは猫はおろか、虫一匹傷つけちゃいないよ。信じておくれ!」

「ふふふ。そういう言い訳は、わらわには通じぬよ。それに……犠牲になった猫達には申し訳ないが、感謝してもいるのじゃ」

「え……」

「おかげで、わらわはそなたに会えた。そなたという存在を知ることができた」

惚《ほ》れ惚《ぼ》れとしたまなざしで、娘は髪結いの胸元を見つめた。

「そこまで歪《ゆが》んだ魂をよくぞ保《も》ち続けたものじゃ。膿《う》み腐った臭《にお》いが、ここまで漂ってくる。じつに喜ばしい。ほんに愛おしい。……わらわのものにおなり。わらわの、かわいいおもちゃにおなり」

きえええっと、奇声をあげて、髪結いは剃刀を娘に向かって投げつけた。少しでもひるませ、その隙に逃げようと思ったのだ。

だが、娘は避けるしぐささえ見せなかった。ただ笑い声一つで剃刀を霧散させたのだ。

ぎょっとする髪結いの胸元に、かわいらしい小さな手がするりと伸びた。

「ひぃぃっ！」

「おお、心の臓が破れんばかりに打っておるの。よいよい。怖がってくれると、魂に最後の磨きがかかる。うんと恐れよ。このわらわを恐れよ」

男の胸をまさぐりながら、娘はますます目を輝かせる。ほとんど火の玉のようだ。

恐怖に半ば狂いながら、髪結いは問うた。一つだけ、どうしても引っかかっていたからだ。

「ど、どうして……どうやって、あたしのことを嗅ぎつけたんだい？　噂の元なんて、た、たどれるはずがないのに」

「……髪油じゃ」

「か、髪油？」

「そうじゃ。妹の嫁ぎ先を呪った男からは、他とは違う髪油の匂いがした。今宵《こよい》、新たな猫首が現れたゆえ、その作り手を探したところ、同じ匂いを衣につけた僧を見つけた。一度ならず二度とくれば、つながりが見えてくる。あとは簡単なことであった。わらわは犬ではないが、それなりに鼻は利くからの」

髪油が、自分の特製の髪油が、命取りになるとは。

髪結いは涙で顔をべとべとにしながらうめいた。

「そんな……そんなことって……」

「この世の全てはつながっておるのよ。細い太いの差はあろうと、みな、何かしら関わりあっておる。……ゆえに、そなたの悪意はこの王蜜の君にも届いた。これが理《ことわり》というものよ」

ずぶりと、王蜜の君の手が髪結いの胸にめりこんだ。めりめりと、肉がきしむ音が立ち、髪結いの顔が苦痛に歪む。

だが、男が叫びをあげる前に、王蜜の君は手を引き抜いた。

白い手に果実のようにつかまれていたのは、紫紺《しこん》色の珠であった。芯は黒く、外側もどろりと濁《にご》りつつ、その深い色合いはどこか魅了されるものがある。

加えて、玉は焔《ほのお》をまとっていた。地獄の深淵から吹きあがってくるような、薄墨と深紅がまざりあった炎は、美しくも禍々《まがまが》しい。

おおっと、王蜜の君が歓喜の声をあげた。

「見事な！　これほど美しいとは思いもせなんだ。うむ。人の魂は、やはり肉体から取り出してみなくてはわからぬのぅ。嬉しや。魂遊びに使える駒がまた一つ増えた」

愛おしそうに珠を両手で包みこんだあと、王蜜の君は思い出したように足元に転がっている髪結いの亡骸《なきがら》を見下ろした。その目には、すでに興味のかけらすら浮かんではいなかった。

「ああ、屋敷に戻る前に、こやつの振りまいた噂の火消しをせねばならぬのぅ。こやつが消えても、噂は一人歩きしていくだけじゃ。欲や恨みにかられた愚か者どもが、次々と猫首を作ろうとするであろう。しかし、寝言猫達に頼んで、記憶のすり替えをやってもらうのは……さすがに大がかりすぎるか」

眉をひそめたところで、王蜜の君はふと思いついた。

「……いっそのこと、この噂、このままうまく使わせてもらおうかの。うむ。そうじゃ。それがよい。せっかくこうして広まったのじゃ。使わぬ手はない」

忍び笑いだけを残して、王蜜の君はすっと消えた。それこそ猫のように音もなく……。

後日、江戸の町にまことしやかに広まる噂があった。

猫塚っていうのは、知ってるだろ？　ほら、猫を供物にして願かけすると、猫首ってぇ化け物が現れるってやつ。で、呼び出した人間の敵を殺してくれるって、まあ、恐ろしい呪いの塚よ。

でもな、ありゃ眉つば。まったくのでたらめだそうだ。

その証拠に、ほんとに猫首まじないをやったやつぁ、みんな不幸な目にあってるんだと。ほら、あの宋千寺《そうせんじ》の坊さん。偉ぶっていたが、やたら女にちょっかいだす生臭坊主よ。あいつも、自分になびかない人妻をものにしたくて、猫首に手を出したって言うぜ。で、その結果があのとおり。すっかり正気を失っちまった。今じゃ猫になりきって、にゃおにゃお鳴いて、生魚をむさぼってるってわけだ。

え？　なぜそうなったかって？

そりゃ、猫塚に祀《まつ》ってあるのが、いい神様だからよ。いい神様にはいいお願い事をしなきゃ、かえって罰《ばち》があたるってもんだ。

でさ、猫塚の神様がお好みなのは、「悪いやつをどうかどうかとっちめてください」ってぇお願いだそうだ。この世の悪をつぶすのがお好きなんだろうな、きっと。ま、なんというか、猫のかわりに悪党を供物にするってわけだ。でも、猫首なんかよりずっといいよな。神様のご機嫌もよくなるし、悪党はいなくなるわけで、まさに一石二鳥。

てなわけで、俺ぁ、ちょいと今度行ってくるぜ。

なに、近所の酔いどれ野郎に手を焼いててよ。酔うと俺んとこに来て暴れるもんだから、女房とおちおちよろしくもやれねぇ。あいつをどうにかしてくれって、お願いしに行くんだよ。

え？　そのくらいじゃ猫塚の神様は動いてくれねぇんじゃねぇかって？

うーん、そうかもしれねぇなぁ。

猫めぐり

年が明け、正月三が日がつつがなく過ぎた。七草粥《がゆ》を食べ終えれば、祭り気分はもうおしまい。日常が戻ってくる。

新たに気持ちを引き締めていこうと、弥助《やすけ》はたまっていた洗濯物を抱えて井戸に向かおうとした。そして、唖然としてしまった。太鼓《たいこ》長屋の大家、辰衛門《たつえもん》がしょんぼりと立っていたからだ。しかも、その腕には見覚えのある子猫が二匹、抱えられている。

「銀子《ぎんこ》！　茶々丸《ちゃちゃまる》も？」

以前、みおから預かり、弥助がしばらく面倒を見ていた子猫達だ。この二匹は同じ家に引き取られたはずなのに。

目を丸くする弥助に、面目ないと、辰衛門は頭を下げてきた。なんと、子猫達をもらっていった瀬戸物問屋が夜逃げしたのだという。三が日を過ぎても姿を見せない一家に、近所の人達が不審に思って店の戸を開けたところ、中には痩せこけた子猫達だけが残っていたという。

「ひでぇ。じゃ、こいつら、ずっと飲まず食わず？」

「店の人が少しは餌を残していったらしく、それを食べていたみたいだけどね。とにかく、ひどい話だよ。景気のいい時はちやほやしておいて、店が傾いたら、自分達だけとんずらするなんて。あんな情のない人達だとは思わなかった。あの人達を見こんでしまうなんて、この辰衛門、一生の不覚だよ」

悔しげに唸りながら、辰衛門は弥助を見た。

「というわけで、また飼い主を探さなきゃならない。それはあたしが責任を持ってやるから、その間、この子らをしばらく世話してもらえないかい？」

「俺のとこで？」

「あたしのとこで見てやれれば一番いいんだけどね。うちのかみさんが猫が大の苦手なんだよ。見るだけで飛び上がるくらいでねぇ。久蔵《きゅうぞう》は久蔵で、今ちょっと大変だから」

「あ、そう言えば、子供ができたんだってね。大家さん、初孫だね」

「うん、今から楽しみでならないよ。いやあ、あたしもついにじじさまになるんだねぇ。あの久蔵が親になるってのも、不思議に思えてならないよ」

顔をゆるめる辰衛門に、弥助は「確かに」と笑った。

「ま、いいや。いいよ。子猫達、引き受けるよ」

「そうしてくれるかい？　ありがたい。じゃ、よろしく頼んだよ」

「大家さんこそ。今度こそいい貰い手を見つけてきてよ」

「まかせておきなさい。今度という今度は念入りに調べるからね」

捨てられ、しばらく放置されたせいか、二匹の子猫はどことなく険《けん》のある顔つきになっていた。抱き寄せようとした弥助の手もひっかいてきた。

「こら、よせよ。俺だって。覚えてないのかよ？」

「猫は犬とは違うからねぇ。こういうとこが、うちのかみさんは嫌いなのかもしれないねぇ」

「いてて。くそ。さんざん飯やったのになぁ」

なんとか子猫を受け取り、弥助は長屋に入った。

「千にい……」

「話は聞こえていたよ」

「さすがだね。……えっと、そういうことで、またしばらく預かってもいい？」

「引き受けてしまったんだから、しかたないね。それに、ここで大家さんに恩を売っておくのもいいと思うよ」

あいかわらず、しゃべらない猫には寛容な千弥《せんや》だ。

苦笑しながら、弥助は部屋に子猫達を放してやった。

子猫達は隅に縮こまり、少しでも弥助や千弥が動くと、しゃあしゃあと唾を吐いた。が、しばらくすると落ち着いてきた。弥助がたっぷりの鰹節《かつおぶし》と冷や飯で猫まんまを作ってやると、恐る恐る近づいてきて、がつがつと食べた。そのがっついた様子に、弥助は胸が痛んだ。

二匹だけで取り残されて、餌ももらえず、どんなに心細かっただろう。こうなったら、うんとかわいがってやろう。どっさり食べさせて、よく撫でて遊んでやって、以前の人懐《ひとなつ》こい子猫に戻してやろう。

だが、大きめのざるに寝床を作ってやっていた時だ。弥助はふと心配になった。

他の二匹、黒助《くろすけ》と虎太郎《こたろう》はどうしているだろう？　銀子達のように、人間の身勝手に振り回されてはいないだろうか？　苛《いじ》められたりしていないだろうか？

むくむくと不安がふくらんできた。だめだ。このままでは二匹のことが気になって、何も手につかなくなってしまう。

弥助は、千弥のほうを見た。

「千にいは、このあと豆腐屋に行くんだよね？」

「ああ。あそこのおかみさんの骨つぎを頼まれててね。やぶ医者の徳安《とくあん》にだけは処置されたくないって、泣きつかれてしまったんだよ」

「……俺、その間、ちょっと出かけてもいい？　ここを留守にしててもいいかな？」

「いいよ」

美しい顔に優しい笑みを浮かべて、千弥はうなずいた。

「確か、虎太郎は二丁目の小唄のお師匠さんに、黒助は権太坂《ごんたざか》の炭屋にもらわれていったんだったね」

「………」

「どちらもそう遠いところじゃないけど、なるべく早く帰っておいで。風が冷たいから」

「……わかった」

あいかわらず、弥助の考えることはお見通しらしい。

苦笑しながら、弥助は外へと飛び出していった。外は寒くて、たちまち耳や指先がきんと痛くなってくる。

「こりゃ、ほんと早く行って早く帰ったほうがいいな。暗くなったら、それこそ雪が降ってきそうだ」

手に息を吐きかけながら、急ぎ足で大通りへと出た弥助。そこで、辰衛門の息子、弥助の天敵こと久蔵に出くわしてしまった。

「んげ！」

「あ、弥助！」

回れ右しようとする弥助を、久蔵はがばちょと捕まえた。

「ちょうどよかった！　おまえんとこに行くところだったんだよ！」

「放せ！　俺はおまえに用なんかない！」

「そうつれないことを言うんじゃないよ。いいから、こっちへ。こっちおいでって！」

力で久蔵にかなうはずもなく、弥助は近くにあった天水桶《てんすいおけ》の陰へと引っ張りこまれてしまった。

「なんなんだよ、もう！　子供ができたんだろ？　初音《はつね》姫、今つわりとかで大変なんじゃないのかい？」

「うん。朝から晩までつわりがひどくて、俺に噛みつきまくってる。見ろ、この腕」

久蔵は袖をまくりあげた。男にしては色白な肌に、小さな赤い噛みあとがいっぱいついている。

さすがに黙りこむ弥助に、久蔵はため息をついた。

「まあ、こんなんでつわりが収まってくれるなら、いくらでも噛んでもらいたいんだが。

今日はお乳母《うば》さんが来て、追い出されちまったんだよ。このような時にそばをうろちょろされても邪魔なだけでございます。しばらく外にでも行ってなさい。夜までは決して戻らぬようにと、まあ、邪険《じゃけん》に叩きだされたわけだ」

「……だからって、なんで俺のとこに来ようって思うのさ?」

「頼みたいことがあったからだよ」

びっくりするほど真剣な顔になって、久蔵は弥助の肩をがしっとつかんだ。

「おまえ、妖怪の間じゃそこそこ顔が知れてるんだろう? そのつてを頼みたい。……生まれてくる俺の子を、男の子にしてほしいんだよ」

「はあ?」

目を点にする弥助に、久蔵はなんとしても男の子がほしいのだと熱をこめて言った。

「誰か知らないかい? まだ腹の中にいる赤子を男にできるっていう妖怪。知っていたら、教えてほしい」

「……そんなことができる妖怪なんて、聞いたことないし。第一、男でも女でも、元気に生まれてきてくれれば、それでいいじゃないか」

「いやだぁ! 女の子はやだやだやだぁ!」

なんと久蔵、ばったりとあおむけに倒れ、裾をおっぴろげてじたばたし始めたではないか。あまりに見苦しい姿に、弥助はげんなりした。往来を行く人々も、ちらちらとこちらを見るから、余計に恥ずかしい。

「やめてくれよな、もう。おまえのふんどしなんて、見たかないんだ。だいたいさ、見損なったよ。男の子がいいだなんてさ。そんなに後継ぎがほしいのか？」

「おまえ、馬鹿だろ？」

「はぁ？」

「誰が後継ぎがほしいだなんて言ったよ？　俺はただ、娘はいやだと、そう言ってるんだ」

「同じことだろ？」

全然違うと、久蔵は嚙みつくように言い返した。

「娘なんて生まれてごらんよ。俺が夢中になってしまうのは火を見るより明らかだ。もう目に入れても痛くないくらい、かわいがるに決まってる。な、なのにだよ。む、娘なんてのはさぁ、ぐす、す、すぐに大きくなって、きれいになって、嫁に行っちまうんだよ？　手塩にかけて育てたのを、他の男にかっさらわれるなんて。あああ、やだやだ。考えるだけでたまらない！　絶対やだやだ！」

今度はおいおいと泣き始めた。なんとも騒がしい男だ。

「だからって妖怪を頼るのはさぁ……だいたい、そういうのは神頼みするもんじゃないの？」

「もちろん、あちこちの神社に願かけしまくってるとも。安産祈願もしてるし。でも、それだけじゃ心もとない。ここは、妖怪からも力を借りたいんだよ。ね、お礼はするからさ。このとおりだ。頼む！」

「こっちに頼まれたって困るよ。俺にはてんで心当たりがないんだから。それに、今それどころじゃないんだよ」

「なんだい？　俺に娘が生まれてしまうかもしれないってことより大事なことが他にあるってのかい？」

「……おまえ、ほんとにだめなやつだなぁ」

うんざりしながらも、弥助は手早く二匹の出戻り子猫のことを話した。

「てわけで、俺はこれから他の二匹の様子を見にいくんだ。だから、そろそろおまえも帰れよ」

「薄情者ぉ！　こ、この俺を見捨てるのかい？　こんなに困ってるってのに」

「悪いけど、同情できない悩みだし。ほら、帰れって！」

だが、久蔵はのりのようにへばりつき、いっこうに離れようとしない。

しかたなく、弥助はそのまま二丁目に向かうことにした。久蔵はぶちぶち愚痴《ぐち》を言いながら、あとをついてきた。

小唄の師匠の家についたところ、すぐに虎太郎が戸口のところまで出迎えに来てくれた。たっぷりかわいがられているのだろう。むくむくとよく太り、そのまま漬物石に使えそうなほどだ。

「よしよし。これなら平気だな」

次は黒助だと、弥助は権太坂の炭屋に向かった。むろん、久蔵はついてきた。

炭屋にもらわれた黒助は、見るからに威勢のいい感じだった。黒光りする体は引き締まっていて、子猫ながら精悍《せいかん》な顔つきだ。主人に話を聞いたところ、狩りが好きらしく、この前は見事雀《すずめ》を捕えたのだという。

「そのうち、うんと鼠《ねずみ》も捕ってくれるようになるだろうね。そうなったら、うちは大助かりだ」

にこにこ顔の主人に「これからもよろしく頼みます」と頭を下げ、弥助は太鼓長屋に戻ることにした。

ほっとした顔をしている弥助に、久蔵がにやりとした。

「よかったじゃないか、子猫らが元気で」

「うん」

「さて、これで気がかりも消えたわけだし、俺の相談にちゃんと乗ってくれるだろ？」

弥助はじろっと久蔵を睨みつけた。まったく。猫達の無事は嬉しいが、久蔵が一緒じゃなければ、もっと喜べたのに。

「おまえさぁ、ほんと、そろそろ家に帰ったら？」

「まだ夜になってないじゃないか。言いつけを破って帰ったら、お乳母さんに嚙みつかれちまうよ。かわいい女房に嚙まれるのは我慢できるけど、お乳母さんに嚙まれるのは勘弁だね」

「……いつまでついてくる気だよ？　まさか、このままうちまで……」

「うん。ひさしぶりに、弥助、おまえの漬物が食いたくなってきた」

「ふざけんな！　絶対食わせないからな！」

「そう言いなさんな。俺が焼き握り作ってやるから。あ、帰りにさ、こんにゃくと豆を買っていこう。葱《ねぎ》はあるんだろう？　ちぎりこんにゃくと豆の煮物に、熱々の根深《ねぶか》汁、焼き握りに漬物とくりゃ、もう言うことなしの晩飯だ」

「だ、か、ら、おまえがそれにありつくことはないっての！」

「冷たいこと言うなよぉ！」

「は、放せ！」

「に、逃がすか！」

放せ、放さぬと、もみあっていた時だ。野太い声がした。

「弥助？　おぬし、弥助ではないか？」

振り返った弥助は目を丸くした。

「さ、左門《さもん》さん？」

怪我したみおに親切にしてくれた浪人だ。四匹の子猫を最初に拾った男でもある。こうして会うのは、ふた月ぶりだろうか。

だが、その姿はまるで別人だった。

継ぎのあたっていた着流しのかわりに、仕立ても上等な小豆《あずき》色の着物と洒落《しゃれ》た黒い長羽織をまとっている。ぼうぼうに月代《さかやき》が伸びていた頭も、こざっぱりとした町人髷《まげ》になり、腰に差していた大刀もなく、帯からは象牙《ぞうげ》の根付がぶらさがっている。まるで、どこぞの店の主《あるじ》と言わんばかりの身なりだ。

変わらないのは、いかつくて、それでいてどことなく人好きのする顔だけだ。その顔を大きくほころばせ、左門は弥助の肩に手を置いた。

「やはり弥助か！　よかった。おぬしにはまた会いたいと思っていたのだ。元気にしていたか？」

「う、うん」

「それで、こちらは知り合いか？　なにやらもみあっていたようだが、問題でも？」

少し警戒したように久蔵を見る左門に、弥助は慌てて言った。

「なんでもないよ。こいつのことは気にしないで。うちの長屋の大家のどら息子ってだけだから。あ、久蔵。この人は脇坂《わきさか》左門さん。さっきの子猫達を最初に拾って、面倒見ててくれた人だ」

「ほほう。例の親切なご仁ってわけだね」

簡単な挨拶が終わると、左門は気がかりそうに聞いてきた。

「……ところで、みおはどうしている？　元気にしているか？」

「うん。あの一件があって、落ちこんではいたけど。でも、今はもう平気だよ。左門さんにもまた会いたいって、しきりに言ってた」

「そうか。そう言ってくれたか。あの子には不義理な真似をしたというのに。今度会ったら、謝らねば。……子猫らは？　どうしている？」

「銀子と茶々丸は、訳あって、今俺のとこにいるよ。他の二匹は、それぞれ飼い主にかわいがってもらってる」

「そうか。それを聞いて安心した」

ほっとしたように息をつく左門に、弥助は思い切って切り出した。

「それにしても、ずいぶん変わったね、左門さん」

「うむ。じつはな、このたび祝言をあげることになってな」

「祝言！」

照れ臭《くさ》そうに鼻をかきながら、左門は話した。

「妙な縁で出会った相手で、紙問屋、吉野屋《よしのや》の娘、おつたという。こんな俺をどういうわけか気に入ってくれてな。おつたの父上も、ぜひにと言ってくれて、婿《むこ》入りすることにしたのだ。今は店のことをあれこれ学んでいる最中だ。三十の手習いだが、これがまたなかなかおもしろくてな」

「すげえ。吉野屋っていったら、老舗《しにせ》じゃないか」

手を叩く弥助に、それまで黙っていた久蔵も口をはさんだ。

「それに、あそこの一人娘といったら、美人で名高いよ。そんなおじょうさんに惚《ほ》れこまれるなんて、あんた、なかなかやるねぇ」

「うむ。まあ、猫のおかげでつかめた縁だ」

「猫？」

不思議な白猫が自分を訪ねてきたのだと、左門は言った。

「じつにきれいな猫だった。雪のような毛並みに、黄金色の目をしていて。それこそ神の使いのようでな」

「………」

「白猫は俺にあれこれと問いかけてきた。最後に、明日、常夜橋《とこよばし》に行くといいと言い残して、姿を消した。猫に親切にしてくれた礼だと言ってな。たぶん、あれは夢だったのだろう」

それでも気になって、次の日、言われたとおりに常夜橋に行ってみたのだという。そして、酔漢に絡まれている吉野屋親子に出会ったのだ。

「見過ごせず、無礼な男を川に叩き落としたところ、えらく感謝され……そこから付き合いが始まったのだ。今の俺があるのは、何もかも、あの白猫のお告げのおかげだ」

だが、まだ続きがあるのだと、左門はささやいた。

「先月も、猫の夢を見たのだ。今度出てきたのは、ぶち猫でな」

「ぶち猫？」

「そうだ。頭に赤い手ぬぐいをかぶって、人のように後ろ足で立つ猫だ」

その猫は、あの白猫の使いだと名乗り、次のようなことを伝えてきたという。

もしも恩義を感じてくれているのならば、次のことを頼みたい。今後、悪人に苦しめられている者を見かけたら、猫塚に行くように助言してほしい。猫塚は白猫に通じており、そこで窮状《きゅうじょう》を訴えれば、きっと助けてくれるだろうと。自分も白猫のおかげで幸せになれたのだと言えば、人はその言葉を信じるだろう。

ぶち猫はそう言って、姿を消したという。

「だからこうして、会う人会う人に白猫のことを話しているわけだ。おつたとの馴れ初めにも触れねばならぬので、少々恥ずかしくはあるが、恩返しとあればいたしかたない」

「とか言っちゃって、けっこうのろけてるね？」

「な、何を言う……」

ごほんと咳払いをしてから、左門はまじめな顔になった。

「ともかく、そういうことだ。弥助、おまえも困ったことがあったら、ぜひ猫塚に行ってみるといい。自分ではどうにもならないことは、人ならぬ力に頼るしかないからな。あ、すまぬ。そろそろ行かねば。今度、改めてそちらに伺う」

「ああ。その時は前もって教えておくれよ。そうしたら、みおを呼んでおくからさ」

「そうしてくれるとありがたい。あの子にはずっと謝りたいと思っていたからな」

また会おうと約束し、左門は大股で去っていった。

弥助と久蔵は顔を見合わせた。

「……おい。あの人が言ってた白猫って、あれだろ？　猫のお姫さんだろう？」

「うん。間違いないね。王蜜《おうみつ》の君《きみ》、またなんかやらかそうとしてるみたいだな。猫塚に詣でろだなんて、何をたくらんでるんだろう？」

「………」

「……久蔵？」

「ん？」

「や、やめてくれよな」

「何が？」

「何って、その顔だよ！　なんか、ろくでもないこと考えてるだろ！」

むふっと、久蔵は小鼻を膨らませた。目が異様にきらめきだしている。

「そっか。あの猫のお姫さんのことを忘れていたよ。……強い力を持った大妖なんだよね。ということはだ。あのお姫さんなら、俺の願いも叶えてくれるんじゃないかね？」

「やめときなよ。あの王蜜の君は、お人よしじゃないんだから。それ相応の見返りがなきゃ、鼻で笑われるだけだって」

「だからさ。左門さんみたいに、あのお姫さんに恩を売ればいいんだろう？　初音から聞いたけど、あのお姫さんは猫を守護するものだそうだ。つまり、俺が猫に親切にすれば、恩を売れる！」

「どうするのさ？　野良猫に餌でもまいてやる気かい？」

「それより、おまえのところに持ちこまれた子猫達だ」

「え？」

「その子らに、俺がいい飼い主を見つけてやるってのはどうだい？　ちょうどね、飼ってくれそうな人に心当たりがあるんだよ。うん。これはいける！　これっきゃない！」

「やめてくれよ！　おまえの事情に銀子達を巻きこむなって！」

だが、久蔵が聞くわけがない。猪のように走っていく久蔵を放っておくこともできず、弥助は泣く泣くあとを追いかけるしかなかった。

そうしてたどり着いたのは、一軒の菓子屋だった。菓子屋としてはかなり大きく、客でにぎわっているのが外からでもわかる。どうやら評判のいい菓子屋らしい。

「大藤屋《おおふじや》……」

弥助が看板を読んでいる間に、久蔵はさっさと店に入ってしまった。

弥助ものれんをくぐった。とたん、甘い香りが鼻をくすぐってきた。砂糖やあんこ、甘じょっぱいみたらしの香りに、思わずつばがわいた。ずらりと並んだまんじゅうや落雁《らくがん》に、ついつい目移りしてしまう。

そんな弥助を残し、久蔵はずんずん奥へ進んだ。

奥には、大藤屋の主人、藤一郎《とういちろう》がいて、にこやかに客あしらいをしていた。が、その顔には、どことなく陰りがあった。体も、前に見た時よりも少し痩せたようだ。

久蔵は声をかけた。

「こんにちは、藤一郎さん」

「これは久蔵さん。よく来てくださいました。またきんつばをお求めで?」

「いや、今日は別の用件があってね。ちょっと奥で話せませんか?」

「いいですとも。こちらへどうぞ」

主人と一緒に売り場を離れようとしたところで、久蔵は弥助のことを思い出した。

「おい、弥助。ほら」

懐《ふところ》の財布を取り出し、弥助に投げて渡した。

「俺は旦那と少し話してくるから、おまえはここで好きな菓子を選んでおいで」

「こら、きゅ、久蔵! 待てって!」

「すぐ戻るからさ」

すたすたと奥に消える久蔵に、弥助はなにやら猛烈に腹が立ってきた。

なんで久蔵に振り回されなきゃならないんだ。ようし。菓子だな。買ってやる。こうなったら買いまくってやる。久蔵の財布をすっからかんにしてやろうじゃないか。

「番頭さん。このまんじゅう、全部ください！　あと、そっちのだんごも！」

弥助の大声が大藤屋に響き渡った。

奥の座敷に通された久蔵は、改めて藤一郎と向き合った。藤一郎はにこにことしている。

「本当に覚えていないんですね」

「え？　なんのことでございますか？」

「いや……なんでもないです」

猫首に襲われた時、久蔵が玉雪《たまゆき》と共に駆けつけてきたことを、この主人は覚えていない。知り合いの妖怪に頼んで、一家のあの夜の記憶を消してもらったと、玉雪は言っていた。

半信半疑だったものの、今日、この笑顔を見て、久蔵は確信した。本当に覚えていないのだと。

玉雪の配慮に感謝しながら、久蔵はずばりと切り出した。

「藤一郎さん。猫を飼いませんか？」

「えっ？」

顔色を変える主人に、久蔵は早口でまくしたてた。

「おたくの古株の猫がいなくなったことは知っています。大事な猫だったんでしょう？　家族も同然の。それがいなくなって、胸にぽっかり穴があいていることでしょう。でもね、この家には猫がいるべきだ。ちょうど子猫がいるんですよ。それも二匹。かわいい子らでねえ。ぼっちゃんのいい遊び相手になると思いますよ。どうです？　この際だから、二匹とも引き取って……」

「待って。待ってくださいまし」

手を振りながら、藤一郎はようやく久蔵の言葉を遮《さえぎ》った。

「確かに、うちは長年かわいがっていた猫をなくしました。だからと言って、そうほいほいと新しい猫を飼うなんてできません。それに……実を言うと、もう猫は飼わないつもりなのです。家内がすっかり猫嫌いになってしまって」

「それは、飼い猫が猫首になっちまったからですか？」

ぎょっとする藤一郎に、久蔵はうなずいた。

「ええ。知っていますよ、何もかもね」

「ど、どうして……」

「見た人がいるんですよ。……虎丸《とらまる》、っていいましたね。かわいそうに。この店をやっかむ者に利用されちまって」

「……なんのことだか。お、お帰りください」

わなわなと震えている主人を、久蔵はじっと見つめた。

「ご主人。あんたはわかっているはずですよ。虎丸は悪い猫じゃない。むしろ、この家を守っていた。あんたやぼっちゃんのことが大好きだったんだ」

「………」

「それがわかっていたから、不吉な猫だと言われても、あんたは手放そうとしなかった。でも、おかみさんが勝手に連れ出してしまったんでしょう?」

そうだと、藤一郎は力なくうなずいた。

「高僧に預けて、お祓《はら》いをしてもらうために連れていった。家内はそう言って、あたしが居場所を聞いても、がんとして口を割りませんでした。数日後、虎丸は猫首になって戻ってきました。あたし達に襲いかかってきて……でも、途中で元の姿に戻ったので、急いでここから連れ出し、遠くに捨てました」

だから、もう無理なのだと、目を怒らせながら藤一郎は久蔵を睨んだ。

「我が身かわいさに、あたしは飼い猫を捨てた男なんです。猫を怖いとも思ってしまった。ことに、虎丸が戻ってきた時は……本当にぞっとした」

「でも、虎丸は結局あんた達を殺さず、姿を消したでしょうが。猫首の呪いはもう解けたんです。お宅はもう大丈夫なんですよ」

「あたしもそうだとは思います。でも、あんなことがあっては、とてもとても猫を飼う気にはなれません。もうまっぴらごめんなんです」

お帰りくださいと、硬い声で言われ、久蔵は立ちあがった。これ以上の説得は無意味だと、わかったからだ。

店に戻った久蔵は、まんじゅうをかじる弥助とその横に山のように積み重ねられた菓子箱包みを見て絶句した。

「……なんだい、それは?」

「何って、菓子だよ。好きなの買っていいって言うから、思う存分買わせてもらった。長屋のみんなへのおみやげさ」

「ばっ! ばっか野郎! 金は? 財布にゃ、二分入っていたはずだよ?」

「うん。小銭にいたるまで、すっかり使わせてもらった。財布ごと投げてよこすんだもん。全部使っていいってことだと思ってね」

白々しくうそぶく弥助に、久蔵は怒りでゆでだこのようになり、そのあとでがっくりと肩を落とした。癪《しゃく》に障るが、これは確かにこちらの落ち度だ。自分だって、財布を渡されたら同じことをする。

「くそぅ。こ、金輪際、おまえにゃびた一文、おごったりしないからね」

「けちなことを言うなよな。それより、ここの旦那と話はついたのかい？　子猫のことを頼んだんだろ？　どうだった？　もらってくれるって？」

「いや。でも種はまいたよ。あとは水をやるだけさ」

「なんだ、そりゃ？」

「ちゃんとやるべきことはやったってことさ。ってことで、弥助、王蜜の君と会えるよう、今夜にでも玉雪さんに頼んでおくれよ。……俺の財布を空にしといて、今更いやとは言わないよねぇ？」

「ちっ。わかったよ。そのかわり、この菓子箱、長屋に運ぶのを手伝えよな」

「ほんと生意気ながきだよ。この久蔵様をこき使うなんて」

憎まれ口を叩きあいながら、二人は大藤屋を出て太鼓長屋に向かいだした。


その夜、大藤屋の主、藤一郎はなかなか寝付けなかった。

虎丸のことを考えまいと必死で商売に打ちこみ、最近、ようやくあの一件を忘れかけていたのに。久蔵がやってきたせいで、何もかもまた思い出してしまった。忌々《いまいま》しい男だ。

今度来たら、塩でもまいてやりたい。

藤一郎の心中は複雑だった。

長年の愛猫だった虎丸への愛《いと》しさや申し訳なさ、こちらを傷つけようとしてきた猫首への怒りや恐れ。そういったものがどっと押し寄せてくると、息をすることすらつらくなってくる。

だが、この悩みは誰にも打ち明けられない。一人息子の藤吉《とうきち》はまだ幼いし、妻のおくらとは、あの一件以来ぎくしゃくしたままだ。

今も、おくらと藤吉は別の部屋に寝起きしていて、藤一郎は一人寝を強いられている。

この家は壊れたままだ。もう元通りになることはないだろう。

切なさと苦しさに、涙がわいたが、どうしようもない。

だが、寝返りを打ったところで、藤一郎ははっとした。

布団の横に、見たこともない娘が座っていたのだ。どこぞの姫君と言っても差し支えのないような豪奢《ごうしゃ》な打ちかけをまとい、燦然《さんぜん》ときらめく純白の髪が畳の上にまで広がっている。

息をのむような美貌、艶《なま》めかしい金の双眸《そうぼう》に射抜かれ、藤一郎は文字通り動けなくなってしまった。それでも必死に声をしぼりだした。

「だ、誰ですか?」

「わらわは猫を守護するもの。今宵《こよい》ここにまいったは、そなたに会いたがっているものを連れてくるためじゃ」

「あたしに、会いたがっている?」

娘が袖を振ると、ころりと、珠のようなものが転がり出てきた。それは淡い光を放ちながらふくらみ、見る間に一匹の虎猫へと変じた。

「虎丸!」

思わず手を差し伸べた藤一郎だったが、慌ててそれをおろした。そのしぐさに、虎丸のひげがだらりと下がった。

「旦那様……わしは正気でございまする。もう旦那様を傷つけるような真似は……」

「あ、いや、違う! 違うんだよ!」

焦りながら藤一郎は言った。

「おまえが元通りなのは、見ればわかる。見ればわかるよ。だけど、あたしにはおまえに触る資格がないんだ。……あたしは、おまえを捨てちまったんだもの」

「ただ捨てたわけじゃないでしょう?」

虎丸の声は優しかった。

「ただ厄介払いをしたいのなら、そのへんの川やどぶにわしを投げこめばすんだはず。でも、旦那様はそうせず、遠くまでわしを運びなさった。あれは憑き物落としだった。違いますか？　もしかしたら、わしに憑いた悪いものが落ち、元に戻ってくれるかもしれない。そんな願いをこめて、捨てたわけでしょう？」

「……なんでもお見通しなんだね」

「長い付き合いでございますからねぇ」

穏やかに笑う年寄り猫に、堪えに堪えていたものがついに壊れた。

藤一郎はおんおん泣きながら、虎丸にすがりついた。

「だめだった、か。だめだったんだねぇ、虎丸。ごめんよ。おまえを助けてやれなくて、ほんとにごめんよぉ」

「いえいえ、謝るのはこちらのほうでございます。みなさまを守るどころか、襲ってしまうなど、守り猫としてあるまじきこと。まことに申し訳なく、恥ずかしいばかりで」

「いいんだよ。もういいんだ。そんなことより……もう苦しくはないのかい？」

「はい。今はこの御方に守られておりますゆえ……旦那様」

「なんだい？」

「しばらくお暇をいただくことになりそうでございます。呪術によって負った傷は、治りが遅うございます。中途半端なところで投げ出せば、また良からぬことが起きてしまう。じっくりと癒させていただきたいのでございまする」

そのかわりと、虎丸は続けた。

「わしはまた必ず旦那様のところへ戻ってまいります。ですから、どうかどうかお健やかに。そして、仲睦まじくお暮らしください。わしが戻りたいのは、旦那様達が笑って暮らしている家なのでございます。戻ってきた時、冷え切ったご家族を見るのは辛《つろ》うございます」

「虎丸……」

「約束していただけましょうや？」

「……約束するよ。おくらともよく話し合う。だから、必ず戻ってきておくれ」

「はい。はい、必ず」

約束を交わしたあと、虎丸はふたたび珠となり、娘の袖の中へと戻っていった。

娘は妖艶《ようえん》に笑った。

「というわけじゃ。この守り猫の魂は、しばらくわらわが預かるぞえ。呪いに穢《けが》された魂は、このままでは転生もできぬでの」

「虎丸をどうかどうか、よろしくお願いいたします」

「むろんのことよ。……じゃが、恩義を感じるというのであれば、一つ頼みたいことがある」

「な、なんでございますか？」

「虎丸が無事生まれ変わるまでは、十年はかかるであろう。その間、そなたの家に猫がおらぬというのはよろしくない。じゃから、新たな猫を迎え入れてほしいのじゃ」

「虎丸のかわりとして飼えと？」

「馬鹿なことを」

　娘は笑った。全てを見透かしたような、大人びた目で藤一郎を見つめる。

「虎丸のかわりなどどこにもおらぬと、わかっておろう？　かわりとして飼うのではなく、新たに家族に迎えよと言うておるだけじゃ。虎丸が戻る前に、そなたの妻や子には猫好きに戻ってもらわねば困るしのぅ」

「…………」

「返事は？　なんと答える？」

「……わかりました。そういうことであれば、飼うとしましょう。大藤屋の身代は猫の十匹や二十匹で傾くようなものではございませんし」

「ふふふ。それはまた頼もしい。まあ、とりあえずは二匹、頼むとしようかの」

庭を見てみよと言い残し、娘はすっと姿を消した。

夢から覚めた気分で、藤一郎は目をこすった。

見知らぬ美しい娘の訪れ。虎丸との再会。しかも、その虎丸は人の言葉を話した。

普通に考えれば、現《うつつ》のはずがない。それでも、腕には虎丸を抱いた時の重みがまだ残っている。あの声も、娘の言葉も、はっきりと覚えている。

「庭を……見てみるか」

中庭に出た藤一郎は、ふたたび目を見張った。

いたのだ。

子猫が二匹、行儀よく庭石の上に並んで座っていた。一匹は銀灰色で、もう一匹は白と茶の鉢割れ猫だ。かなり痩せてはいたが、藤一郎を見るなり駆け寄ってきて、足に体をこすりつけてきた。人に飼われたことがあるらしい。

呆然としながらも、藤一郎は身をかがめて子猫達を撫で始めた。やはり痩せている。それに体も冷えている。早く中に入れて、粥でも食べさせてやらなくては。

そう思って、子猫らを抱き上げようとした時だ。

なんと、おくらがやってきた。藤一郎にまとわりつく子猫達を見ると、その顔は夜目にも白くなった。

「子猫……」

藤一郎は慌てて子猫らをかばい、妻を睨んだ。また錯乱《さくらん》されてはかなわない。今宵のことは説明できないことばかりだが、この子らは虎丸から託されたものだ。そうとしか考えられない。いざとなったらおくらを離縁してでも、守らなくては。

そんな藤一郎の決意が伝わったのだろう。おくらは慌てた様子で首を振った。

「ち、違う。違うのです。夢のとおりだったから、驚いただけです」

「夢？」

「はい。夢の中に虎丸が出てきて、おかみさんのせいではないのだと慰められました。だから、も、もう自分を責めるのはやめて、旦那様と仲良くしてくれと」

「……虎丸を連れてきたのは、白い髪の娘ではなかったかい？」

「は、はい。とてもきれいなお姫様のような……」

それではあなたもと、おくらに見つめられ、藤一郎はうなずいた。

夫婦はしばらく黙りこんだ。

と、焦《じ》れたように茶白の子猫が藤一郎の体に飛びつき、よじ登りだした。もう一匹もそれに続く。

二匹を慌てて抱きかかえ、藤一郎は困ったようにおくらを見た。

「おくら……いいだろうか？」

「はい」

少しも迷うことなくおくらはうなずいた。その白い顔には泣き笑いのような表情が浮かんでいた。

「あのお姫様が言っていたとおり、この家には猫がいたほうがようございます。……藤吉もきっと喜びます。虎丸がいなくなって、とても寂しがっていますから」

台所で粥でも炊いてきますと、きびすを返そうとするおくらの腕を、藤一郎はつかんで引きよせた。

「だ、旦那様？　な、何を……」

「すまなかった」

「え？」

「おまえだって、この家を守ろうとしてくれたのだものね。虎丸のことで責めてしまって悪かった。……やり直そう。二人でがんばって……ここをもっともっといい家にしよう」

「は、はい」

子猫らをはさみこむようにしながら、夫婦はしっかりと抱き合った。

その姿を、塀の上から見守る目があった。

目はしばしきらめいたあと、すいっと、塀の向こうへと消えていった。

「ってなわけで、あそこの夫婦はちゃんと仲直りしたみたいだよ。あれなら、子猫達のこともかわいがってくれると思うな」

報告するのは、黒い化け猫くらだ。弥助に頼まれ、王蜜の君にわたりをつけ、さらに大藤屋まで子猫らを送り届けたのだ。

顛末《てんまつ》を事細かく話してもらい、弥助はふっと息をついた。

「よくやってくれたな、くら。王蜜の君にわたりをつけてくれたことといい、恩に着るよ」

「いいさ。おいらとしても、不幸な猫は一匹だって減ってくれたほうがいいんだ。……ところで、そっちの旦那はさっきからなんなんだい？　にまにまして、気味悪いんだけど」

くらに薄気味悪そうにながめられても、当の男、久蔵は笑いを引っこめようとしない。うへへへと、笑いっぱなしだ。

「そうかい。やっぱりうまくいったかい。俺の見こんだとおりだ。いや、まったくよかった。うへへ。これで恩を売れた。きっと俺の願いは叶えられる。うへへへ。そうだ。くらって言ったね。明日、俺の家においで。尾頭付きの鯛《たい》を用意しとくから、取りに来ておくれ。なに、ほんのお礼だから。じゃ、俺はそろそろ帰るよ。お乳母さんも帰った頃だと思うしね」

鼻歌交じりに久蔵は去っていった。

くらは困ったように弥助を見上げた。

「……ほんとに鯛を用意しといてくれんのかな?」

「まあ、けちなやつじゃないから。もらえるものはもらっといたらどうだい?」

「うん。だけど、おいらがしたことって、そんな大仰なことでもないんだけど。あの旦那、何をそんなに喜んでたんだろ?」

「王蜜の君に恩を売って、生まれてくる子供を男の子にしてもらいたいんだとさ」

「え?」

くらは目をしばしばさせた。

「……王蜜の君は、そんなことはなさらないと思うけどな」

「そうなのか?」

「うん。確かに、あの御方の力は絶大だから、できないことはないかもしれないけど……生まれてくる命に干渉するなんてこと、絶対なさらないはずだ。そういうことはきちんとわきまえていらっしゃると思う」

「……久蔵には黙っておくことにするよ」

弥助は小さくつぶやいた。

その年の夏、初音は元気な双子の女児を産み落とすのである。

あとがき

読者の皆様、〈妖怪の子預かります〉第六巻を読んでいただき、まことにありがとうございます！

さて、今回は「猫尽くし」の巻だったので、あとがきも猫にまつわることでいきたいと思います。

子供の頃、動物好きな子供によくあるように、私もよく捨て猫を拾っていました。そのたびに親に怒られ、「元の場所に戻してきなさい！」と言われ……。

結局、初めて猫を飼ったのは、二十歳を過ぎてからです。

その猫は、妹が見つけて拾ってきました（妹は、私に輪をかけた動物好きで、過去に様様な動物を拾ってきた前科あり）。生後一カ月くらいの、白い子猫。ぐんにゃりとしていて、もはや鳴くこともできない状態でした。

その体からなにやら、ぱらぱらと落ちてくるものあり。なんだと思って目をこらしてみたところ、なんと、大量のノミではありませんか。どうやら低体温症になっていたようで、寄生虫にまで見限られるほど危険な状態だったわけです。

とにかく体を温めよう。ついでにきれいにしてしまおう。

というわけで、大急ぎでお風呂に入れました。熱い湯を張ったたらいにつけたところ、なぜか湯がみるみる赤茶色になっていく。どこか怪我をしているのかと、慌てて毛をかきわけてみたところ、皮膚はノミに食い破られ、活火山のようなかさぶたで覆われていました。湯が血のような色になったのは、ノミの糞が溶けたせいかと……。ああ、思いだすだけで鳥肌が立ちます。

でも、湯につけたおかげで、子猫はなんとか一命をとりとめたようでした。とはいえ、体は衰弱しており、白いナマコのようにのびたまま、動くこともできませんでした。猫用の粉ミルク（高価。しかも資金源は私）をとにかく飲ませ、おしりをくすぐって、おしっこをさせて。

ようやく元気になり始めた時には、拾ってきてから一週間が経っていました。これは、我が家に猫がいた最長記録でした。いつも、拾ってきた猫は一日か二日で外に出されてしまっていましたから。

さて、元気になったのだから、そろそろ家から出さなければ。といっても、もうそれは難しい状態でした。すでに十一月で、日に日に寒くなっている時期です。「見た目が似ているし、この子の母親では？」と思って、子連れの猫のもとに子猫をつれていってみたのですが、その母猫には拒絶されました。子猫自身、私達のそばから離れようとしませんでした。

これはもう野良猫には戻れない。人に飼ってもらうしかない。

でも、それは我が家ではありえませんでした。その時、うちに犬がいたこともありますが、もともと「猫は絶対に飼わない」と親が言っていたのです。

が、里親探しは進まず、死と渡りあった子猫に情がわいてしまったこともあり、ずるずると居候期間は引き延ばされていきました。そして拾ってから二カ月後、ついに我が家の子にすると家族会議で決定したのです。

三途の川を半分渡って、そこから引き返してきた猫ということで、サンズと命名。

サンズはとりわけ父に懐き、「猫なんか嫌い」と言っていた父ももうめろめろ。愛犬は「変なやつが家の中に入ってきた」と、最後まで仏頂面でしたが、それでも拒絶はせず、まあまあ受け入れていました。

猫を飼うのは初めてだったので、サンズとの毎日はとても刺激的でした。ミステリアスかと思えば、意外にも運動神経が鈍かったり、妹のインコに喧嘩を売って大負けしたり、家族にいたずらをしかけて犬に叱られたり。

おドジなところもたくさんありましたが、雪のように白い毛並みに、緑がかった金色の目はとてもきれいで、ふっと空中を見つめている姿には気品すらありました。サンズが、王蜜の君のモデルになったことは言うまでもありません。

今、実家には二代目の猫ワサビがいます。これは私が拾ってきた猫です。サンズに比べると、恐ろしいほど元気がよく、サンズがやらなかったことを全てやるというおてんばさんです。

私はいずれ、ワサビがだめにしたものの弁償をせねばならぬそうです。シャツ二枚、ベッドカバー、ソファーカバー、お高いぬいぐるみ、カーテン四枚。弁償リストは日々増えているのだとか。ひゃあ、怖い怖い！

それでも猫はかわいいのです！　実家を離れ、独立した私ですが、いつの日か自分の城に猫をお招きしたいと、夢膨らませて日々を過ごしています。ああ、その夢叶うのはいつになるやら。

そんなことを考えながら、第七巻を執筆中です。次の巻では、烏天狗《からすてんぐ》の双子中心に話が進む予定です。

では、みなさま、また七巻にてお会いいたしましょう。
感謝をこめて。

廣嶋玲子

著者紹介　神奈川県生まれ。『水妖の森』でジュニア冒険小説大賞を受賞し、2006年にデビュー。主な作品に、〈妖怪の子預かります〉シリーズ、〈ふしぎ駄菓子屋 銭天堂〉シリーズや『送り人の娘』、『青の王』、『鳥籠の家』などがある。

妖怪の子預かります6
猫の姫、狩りをする

2018年 7 月13日　初版
2020年10月 2 日　4版

著　者　廣《ひろ》　嶋《しま》　玲《れい》　子《こ》

発行所　(株)　東京創元社
代表者　渋谷健太郎

162-0814/東京都新宿区新小川町1-5
電　話　03・3268・8231-営業部
　　　　03・3268・8204-編集部
URL　http://www.tsogen.co.jp
フォレスト・本間製本

乱丁・落丁本は、ご面倒ですが小社までご送付ください。送料小社負担にてお取替えいたします。

ISBN978-4-488-56508-4　C0193

『夜の写本師』の著者渾身の傑作

THE STONE CREATOR◆Tomoko Inuishi

闇の虹水晶

乾石智子

創元推理文庫

◆

その力、使えばおのれが滅び、使わねば国が滅びよう。
それが創石師ナイトゥルにかけられた呪い。
人の感情から石を創る類稀な才をもつがゆえに、
故国を滅ぼし家族や許嫁を皆殺しにした憎い敵に、
ひとり仕えることになったナイトゥル。
憎しみすら失い、生きる気力をなくしていた彼は、
言われるまま自らの命を削る創石師の仕事をしていた。
そんなある日、怪我人の傷から取り出した
虹色の光がきらめく黒い水晶が、彼に不思議な幻を見せる。
見知らぬ国の見知らぬ人々、そこには有翼獅子が……。

〈オーリエラントの魔道師〉シリーズで人気の著者が描く、
壮大なファンタジー。